通用规范汉字诗声韵

（新版）

胡永明　编著

上海辞书出版社

图书在版编目(CIP)数据

通用规范汉字诗声韵：新版 / 胡永明编著. —上海：上海辞书出版社，2024
ISBN 978-7-5326-6133-6

Ⅰ.①通… Ⅱ.①胡… Ⅲ.①诗律—韵书—中国 Ⅳ.①I207.21

中国国家版本馆CIP数据核字（2023）第193400号

通用规范汉字诗声韵(新版)
胡永明 编著

责任编辑 王 媛
装帧设计 黄 骏
责任印制 王亭亭

出版发行 上海世纪出版集团
上海辞书出版社® (www.cishu.com.cn)
地 址 上海市闵行区号景路159弄B座(邮政编码:201101)
印 刷 苏州市越洋印刷有限公司
开 本 889毫米×1194毫米 1/64
印 张 2.875
字 数 66 000
版 次 2024年1月第1版 2024年1月第1次印刷
书 号 ISBN 978-7-5326-6133-6/I·561
定 价 28.00 元

上海大世界基尼斯总部

大世界基尼斯 CHINA RECORDS

大世界基尼斯之最

含汉字诗声韵系列最多的韵书出版物
—《通用规范汉字诗声韵》

系列数量： 4
书号： 978-7-5326-4344-8

胡永明（上海）于 2013 年 6 月至 2014 年 10 月以中华人民共和国国务院 2013 年公布的《通用规范汉字表》为字库创编韵书《通用规范汉字诗声韵》。该韵书设新基韵、声调韵、平仄韵和新宽韵 4 个系列，主、辅表各包含 9056 个字次，每个汉字均标有辅音、元音和声调。

2015 年 1 月由上海辞书出版社出版。

NO：05299
2019. 09

王以卓　　蔡 丰

《通用规范汉字诗声韵》
创“大世界基尼斯之最”纪录证书

2019 年 9 月，胡永明创编的《通用规范汉字诗声韵》创《大世界基尼斯之最》纪录（NO.05299）

22 大世界基尼斯纪录大全（精选十六）

含汉字诗声韵系列最多的韵书出版物

——《通用规范汉字诗声韵》

2019.09

胡永明（上海）于 2013 年 6 月至 2014 年 10 月以中华人民共和国国务院 2013 年公布的《通用规范汉字表》为字库创编韵书《通用规范汉字诗声韵》。该韵书设新基韵、声调韵、平仄韵和新宽韵 4 个系列，主、辅表各包含 9056 个字次，每个汉字均标有辅音、元音和声调。

2015 年 1 月由上海辞书出版社出版，书号：978-7-5326-4344-8。

2019 年 9 月，胡永明创编的《通用规范汉字诗声韵》成为大世界基尼斯之最

2019 年 9 月 11 日上午，上海大世界基尼斯总部副总经理（主持工作）高文（右四）、申报部部长吴玥（右一）和吴欢歉（左三）、潘培坤（左二）、张春新（右三）、吴振兴（右二）、舒爱萍（左一）出席胡永明创编的《通用规范汉字诗声韵》颁证仪式

2019 年 9 月 11 日上午，上海大世界基尼斯总部副总经理（主持工作）高文给胡永明颁发“大世界基尼斯之最”证书

中国第一个韵书大世界基尼斯纪录诞生

2019 年 9 月 11 日上午，胡永明以其创新编制的《通用规范汉字诗声韵》获颁《大世界基尼斯之最》证书。上海大世界基尼斯总部成立 27 年来，先后确认中国之最 4000 多个，而给韵书颁证还是首次。这个大世界基尼斯之最的诞生填补了韵书方面的一个空白。

中国自古以来的韵书都是单一韵书，且绝大多数是旧体诗韵书。胡永明为给新体诗、旧体诗等各种诗歌的创作提供一部可以广泛适用的韵书，从 2013 年 6 月至 2014 年 10 月三易其稿，最后选定以中华人民共和国国务院 2013 年公布的《通用规范汉字表》为字库，用系统思维的方式先进行顶层设计，再以韵效为标准完善韵部设置，创新编出了以新基韵、声调韵、平仄韵为主表，以新宽韵为辅表的两大表四个系列的成套韵书，其中主表、辅表各包含 9056 个字次，每个汉字均标有辅音、元音和声调，为创作诗歌提供了一部便于选字、押韵和定调的实用工具书。2015 年 1 月，此韵书作为《诗歌创作手册》的第二编由上海辞书出版社出版发行。

此韵书是我国史上首部系列韵书，成为我国韵书发展史上的一个里程碑。

——清瑛

系列数量：4

NO：05299

《大世界基尼斯纪录大全(精选十六)》收录首部系列诗歌韵书纪录

2020 年 5 月，文汇出版社出版的《大世界基尼斯纪录大全(精选十六)》收录胡永明创编的《通用规范汉字诗声韵》创《大世界基尼斯之最》纪录(NO.05299)

前　言

2013年6月5日，国务院在《关于公布〈通用规范汉字表〉的通知》（国发〔2013〕23号）中规定："《通用规范汉字表》公布后，社会一般应用领域的汉字使用应以《通用规范汉字表》为准。"据此，在这以后新产生的汉语韵书都应以《通用规范汉字表》为准来编制。上海辞书出版社于2015年1月出版的《诗歌创作手册》第二编《通用规范汉字诗声韵》是一部以《通用规范汉字表》为字库创编的汉字新韵书。

2019年9月，《通用规范汉字诗声韵》被上海大世界基尼斯总部确认为"含汉字诗声韵系列最多的韵书出版物"（《大世界基尼斯之最》NO.05299）。

2020 年 5 月，文汇出版社出版的《大世界基尼斯纪录大全(精选十六)》收录了该认证纪录。同年国庆节，中诗网在“中诗头条”发布了此消息(http://www.yzs.com/zhongshitoutiao/8201.html)。

2019 年 11 月，教育部颁布了委托中华诗词学会组织专家制定的新韵书《中华通韵》。《通用规范汉字诗声韵》在与《中华通韵》并存的情况下，依然有其独特的价值：一是创编韵书的字库最权威、最规范；二是以全新的韵效分韵部，比以传统的韵根分韵部设置更科学、韵效更理想；三是每个字都标注声、韵、调，注音完备、实用；四是包含四个系列的汉字诗声韵，更能满足创作各种诗体的押韵、定调和选字等需要。

近年来，在国务院公布的《通用规范汉字表》收录的 8 105 个字头以及说词解字辞书研究中心编《通用规范汉字字典》(华语教学出版社 2014 年版)收录的多音字的基础上，我又参考说词解字辞书研究中心编《通用规范汉字表速查使用手册》（华语教学出版社 2013 年版）收录的与《通用规范汉字字典》不同的多音字，把韵书字库容量增至 9 190 个字次，编成新版《通用规范汉字诗声韵》，拓宽了此韵书在创作诗歌时可选用汉字的范围。

为便于读者了解我国主要诗体，特增补了附录《诗歌体裁简介》，简要介绍了旧体诗和新体诗中的主要诗歌体裁。

希望本书能帮助诗歌创作者更好地传承和发展新、旧两种诗体和诗艺。

胡永明

2023 年 2 月 16 日于上海

目　录

《通用规范汉字诗声韵(新版)》
·整体设计方案·

<table>
<tr><th colspan="6">主　　表</th><th colspan="2">辅　表</th></tr>
<tr><th colspan="2">新基韵 20+1 韵</th><th colspan="2">声调韵 93+1 韵</th><th colspan="2">平仄韵 53+1 韵</th><th colspan="2">新宽韵 16+1 韵</th></tr>
<tr><td rowspan="5">1</td><td rowspan="5">发韵
(a、ia、ua)
522 字</td><td>1</td><td>发阴韵 174 字</td><td rowspan="2">1</td><td rowspan="2">发平韵 301 字</td><td rowspan="5">1</td><td rowspan="5">发花韵
(a、ia、ua)
522 字</td></tr>
<tr><td>2</td><td>发阳韵 127 字</td></tr>
<tr><td>3</td><td>发上韵 70 字</td><td rowspan="2">2</td><td rowspan="2">发仄韵 202 字</td></tr>
<tr><td>4</td><td>发去韵 132 字</td></tr>
<tr><td>5</td><td>发轻韵 19 字</td><td>3</td><td>发轻韵 19 字</td></tr>
<tr><td rowspan="5">2</td><td rowspan="5">波韵
(o、uo)
425 字</td><td>6</td><td>波阴韵 97 字</td><td rowspan="2">4</td><td rowspan="2">波平韵 223 字</td><td rowspan="5">2</td><td rowspan="5">波多韵
(o、uo)
425 字</td></tr>
<tr><td>7</td><td>波阳韵 126 字</td></tr>
<tr><td>8</td><td>波上韵 44 字</td><td rowspan="2">5</td><td rowspan="2">波仄韵 195 字</td></tr>
<tr><td>9</td><td>波去韵 151 字</td></tr>
<tr><td>10</td><td>波轻韵 7 字</td><td>6</td><td>波轻韵 7 字</td></tr>
</table>

续 表

主 表						辅 表	
新基韵 20+1 韵		声调韵 93+1 韵		平仄韵 53+1 韵		新宽韵 16+1 韵	
3	歌韵 (e、er) 317 字	11	歌阴韵 57 字	7	歌平韵 153 字	3	歌儿韵 (e、er) 317 字
		12	歌阳韵 96 字				
		13	歌上韵 32 字	8	歌仄韵 151 字		
		14	歌去韵 119 字				
		15	歌轻韵 13 字	9	歌轻韵 13 字		
4	希韵 (i) 856 字	16	希阴韵 188 字	10	希平韵 406 字	4	希誉韵 (i、ü) 1 182 字
		17	希阳韵 218 字				
		18	希上韵 121 字	11	希仄韵 448 字		
		19	希去韵 327 字				
		20	希轻韵 2 字	12	希轻韵 2 字		
5	诗韵 (-i) 347 字	21	诗阴韵 110 字	13	诗平韵 163 字	5	诗滋韵 (-i) 347 字
		22	诗阳韵 53 字				
		23	诗上韵 51 字	14	诗仄韵 181 字		
		24	诗去韵 130 字				
		25	诗轻韵 3 字	15	诗轻韵 3 字		

续 表

主表						辅表	
新基韵 20+1 韵		声调韵 93+1 韵		平仄韵 53+1 韵		新宽韵 16+1 韵	
6	舒韵 (u) 721 字	26	舒阴韵 132 字	16	舒平韵 320 字	6	舒屋韵 (u) 721 字
		27	舒阳韵 188 字				
		28	舒上韵 148 字	17	舒仄韵 400 字		
		29	舒去韵 252 字				
		30	舒轻韵 1 字	18	舒轻韵 1 字		
7	誉韵 (ü) 326 字	31	誉阴韵 74 字	19	誉平韵 144 字	(4)	希誉韵 (i、ü) 1 182 字
		32	誉阳韵 70 字				
		33	誉上韵 64 字	20	誉仄韵 180 字		
		34	誉去韵 116 字				
		35	誉轻韵 2 字	21	誉轻韵 2 字		
8	高韵 (ao、iao) 681 字	36	高阴韵 184 字	22	高平韵 354 字	7	高标韵 (ao、iao) 681 字
		37	高阳韵 170 字				
		38	高上韵 127 字	23	高仄韵 326 字		
		39	高去韵 199 字				
		40	高轻韵 1 字	24	高轻韵 1 字		

续　表

<table>
<tr><th colspan="6">主　　表</th><th colspan="2">辅　表</th></tr>
<tr><th colspan="2">新基韵 20+1 韵</th><th colspan="2">声调韵 93+1 韵</th><th colspan="2">平仄韵 53+1 韵</th><th colspan="2">新宽韵 16+1 韵</th></tr>
<tr><td rowspan="4">9</td><td rowspan="4">开韵
(ai、uai)
287 字</td><td>41</td><td>开阴韵 54 字</td><td rowspan="2">25</td><td rowspan="2">开平韵 102 字</td><td rowspan="4">8</td><td rowspan="4">开怀韵
(ai、uai)
287 字</td></tr>
<tr><td>42</td><td>开阳韵 48 字</td></tr>
<tr><td>43</td><td>开上韵 60 字</td><td rowspan="2">26</td><td rowspan="2">开仄韵 185 字</td></tr>
<tr><td>44</td><td>开去韵 125 字</td></tr>
<tr><td rowspan="5">10</td><td rowspan="5">飞韵
(ei、uei)
470 字</td><td>45</td><td>飞阴韵 101 字</td><td rowspan="2">27</td><td rowspan="2">飞平韵 200 字</td><td rowspan="5">9</td><td rowspan="5">飞辉韵
(ei、uei)
470 字</td></tr>
<tr><td>46</td><td>飞阳韵 99 字</td></tr>
<tr><td>47</td><td>飞上韵 82 字</td><td rowspan="2">28</td><td rowspan="2">飞仄韵 267 字</td></tr>
<tr><td>48</td><td>飞去韵 185 字</td></tr>
<tr><td>49</td><td>飞轻韵 3 字</td><td>29</td><td>飞轻韵 3 字</td></tr>
<tr><td rowspan="4">11</td><td rowspan="4">安韵
(an、uan)
674 字</td><td>50</td><td>安阴韵 169 字</td><td rowspan="2">30</td><td rowspan="2">安平韵 326 字</td><td rowspan="9">10</td><td rowspan="9">安昌韵
(an、uan、
ang、iang、
uang)
1 254 字</td></tr>
<tr><td>51</td><td>安阳韵 157 字</td></tr>
<tr><td>52</td><td>安上韵 131 字</td><td rowspan="2">31</td><td rowspan="2">安仄韵 348 字</td></tr>
<tr><td>53</td><td>安去韵 217 字</td></tr>
<tr><td rowspan="5">12</td><td rowspan="5">昌韵
(ang、iang、
uang)
580 字</td><td>54</td><td>昌阴韵 174 字</td><td rowspan="2">32</td><td rowspan="2">昌平韵 329 字</td></tr>
<tr><td>55</td><td>昌阳韵 155 字</td></tr>
<tr><td>56</td><td>昌上韵 103 字</td><td rowspan="2">33</td><td rowspan="2">昌仄韵 249 字</td></tr>
<tr><td>57</td><td>昌去韵 146 字</td></tr>
<tr><td>58</td><td>昌轻韵 2 字</td><td>34</td><td>昌轻韵 2 字</td></tr>
</table>

续　表

<table>
<tr><th colspan="6">主　　表</th><th colspan="2">辅　表</th></tr>
<tr><th colspan="2">新基韵 20+1 韵</th><th colspan="2">声调韵 93+1 韵</th><th colspan="2">平仄韵 53+1 韵</th><th colspan="2">新宽韵 16+1 韵</th></tr>
<tr><td rowspan="5">13</td><td rowspan="5">春韵
(en、uen)
376 字</td><td>59</td><td>春阴韵 131 字</td><td rowspan="2">35</td><td rowspan="2">春平韵 211 字</td><td rowspan="9">11</td><td rowspan="9">春丰韵
(en、uen、eng、ueng)
661 字</td></tr>
<tr><td>60</td><td>春阳韵 80 字</td></tr>
<tr><td>61</td><td>春上韵 65 字</td><td rowspan="2">36</td><td rowspan="2">春仄韵 163 字</td></tr>
<tr><td>62</td><td>春去韵 98 字</td></tr>
<tr><td>63</td><td>春轻韵 2 字</td><td>37</td><td>春轻韵 2 字</td></tr>
<tr><td rowspan="4">14</td><td rowspan="4">丰韵
(eng、ueng)
285 字</td><td>64</td><td>丰阴韵 101 字</td><td rowspan="2">38</td><td rowspan="2">丰平韵 190 字</td></tr>
<tr><td>65</td><td>丰阳韵 89 字</td></tr>
<tr><td>66</td><td>丰上韵 36 字</td><td rowspan="2">39</td><td rowspan="2">丰仄韵 95 字</td></tr>
<tr><td>67</td><td>丰去韵 59 字</td></tr>
<tr><td rowspan="4">15</td><td rowspan="4">欣韵
(in、ün)
342 字</td><td>68</td><td>欣阴韵 100 字</td><td rowspan="2">40</td><td rowspan="2">欣平韵 207 字</td><td rowspan="8">12</td><td rowspan="8">欣兴韵
(in、ün、ing)
652 字</td></tr>
<tr><td>69</td><td>欣阳韵 107 字</td></tr>
<tr><td>70</td><td>欣上韵 42 字</td><td rowspan="2">41</td><td rowspan="2">欣仄韵 135 字</td></tr>
<tr><td>71</td><td>欣去韵 93 字</td></tr>
<tr><td rowspan="4">16</td><td rowspan="4">兴韵
(ing)
310 字</td><td>72</td><td>兴阴韵 79 字</td><td rowspan="2">42</td><td rowspan="2">兴平韵 197 字</td></tr>
<tr><td>73</td><td>兴阳韵 118 字</td></tr>
<tr><td>74</td><td>兴上韵 52 字</td><td rowspan="2">43</td><td rowspan="2">兴仄韵 113 字</td></tr>
<tr><td>75</td><td>兴去韵 61 字</td></tr>
</table>

续 表

<table>
<tr><th colspan="6">主　　表</th><th colspan="2">辅　表</th></tr>
<tr><th colspan="2">新基韵 20+1 韵</th><th colspan="2">声调韵 93+1 韵</th><th colspan="2">平仄韵 53+1 韵</th><th colspan="2">新宽韵 16+1 韵</th></tr>
<tr><td rowspan="4">17</td><td rowspan="4">坚韵
(ian、üan)
578 字</td><td>76</td><td>坚阴韵 147 字</td><td rowspan="2">44</td><td rowspan="2">坚平韵 286 字</td><td rowspan="4">13</td><td rowspan="4">坚宣韵
(ian、üan)
578 字</td></tr>
<tr><td>77</td><td>坚阳韵 139 字</td></tr>
<tr><td>78</td><td>坚上韵 126 字</td><td rowspan="2">45</td><td rowspan="2">坚仄韵 292 字</td></tr>
<tr><td>79</td><td>坚去韵 166 字</td></tr>
<tr><td rowspan="5">18</td><td rowspan="5">皆韵
(ie、üe)
343 字</td><td>80</td><td>皆阴韵 50 字</td><td rowspan="2">46</td><td rowspan="2">皆平韵 167 字</td><td rowspan="5">14</td><td rowspan="5">皆约韵
(ie、üe)
343 字</td></tr>
<tr><td>81</td><td>皆阳韵 117 字</td></tr>
<tr><td>82</td><td>皆上韵 21 字</td><td rowspan="2">47</td><td rowspan="2">皆仄韵 173 字</td></tr>
<tr><td>83</td><td>皆去韵 152 字</td></tr>
<tr><td>84</td><td>皆轻韵 3 字</td><td>48</td><td>皆轻韵 3 字</td></tr>
<tr><td rowspan="4">19</td><td rowspan="4">中韵
(ong、iong)
324 字</td><td>85</td><td>中阴韵 112 字</td><td rowspan="2">49</td><td rowspan="2">中平韵 218 字</td><td rowspan="4">15</td><td rowspan="4">中拥韵
(ong、iong)
324 字</td></tr>
<tr><td>86</td><td>中阳韵 106 字</td></tr>
<tr><td>87</td><td>中上韵 57 字</td><td rowspan="2">50</td><td rowspan="2">中仄韵 106 字</td></tr>
<tr><td>88</td><td>中去韵 49 字</td></tr>
</table>

续 表

<table>
<tr><th colspan="6">主　　表</th><th colspan="2">辅　表</th></tr>
<tr><th colspan="2">新基韵 20+1 韵</th><th colspan="2">声调韵 93+1 韵</th><th colspan="2">平仄韵 53+1 韵</th><th colspan="2">新宽韵 16+1 韵</th></tr>
<tr><td rowspan="5">20</td><td rowspan="5">优韵
(ou、iou)
424 字</td><td>89</td><td>优阴韵 105 字</td><td rowspan="2">51</td><td rowspan="2">优平韵 220 字</td><td rowspan="5">16</td><td rowspan="5">优修韵
(ou、iou)
424 字</td></tr>
<tr><td>90</td><td>优阳韵 115 字</td></tr>
<tr><td>91</td><td>优上韵 76 字</td><td rowspan="2">52</td><td rowspan="2">优仄韵 201 字</td></tr>
<tr><td>92</td><td>优去韵 125 字</td></tr>
<tr><td>93</td><td>优轻韵 3 字</td><td>53</td><td>优轻韵 3 字</td></tr>
<tr><td>特殊</td><td>日韵
(--i)
2 字</td><td>+</td><td>日去韵 2 字</td><td>+</td><td>日仄韵 2 字</td><td>+</td><td>日驷韵
(--i)
2 字</td></tr>
<tr><td>合计</td><td colspan="7">8 105 个字头,9 190 个字次。</td></tr>
</table>

《通用规范汉字诗声韵(新版)》

·说 明·

中国韵书的历史源远流长。古代韵书有:〔三国〕《声类》(佚),〔西晋〕《韵集》(佚),〔隋〕《切韵》,〔唐〕《刊谬补缺切韵》《唐韵》《广唐韵》《韵诠》,〔宋〕《广韵》《韵略》《礼部韵略》《集韵》《韵镜》《五音集韵》《新刊韵略》《七音略》《四声等子》《切韵指掌图》,〔金〕《平水韵》,〔元〕《古今韵会举要》《切韵指南》《韵府群玉》《中原音韵》《中州乐府音韵类编》《蒙古字韵》,〔明〕《洪武正韵》《韵略易通》《中州音韵》《戚林八音》《五车韵瑞》《六音字典》,〔清〕《佩文韵府》《佩文诗韵》《词林正韵》《切韵考》《分韵撮要》《汇音妙悟》《李氏音鉴》《同音略解》等,其中流行至今的主要有创作旧韵格律诗所依据的金代官韵书《平水韵》、创作旧韵词所依据的清道光元年(1821 年)成书的《词林正韵》、创作旧韵曲所依据的元泰定元年(1324 年)成书的《中原音韵》等韵书。近代有民国时期的《中华新韵》等韵书。现当代有中华诗词学会 2005 年版《中华新韵》、上海辞书出版社 2015 年版《诗歌创作手册》第二编《通用规范汉字诗声韵》和语文出版社 2020 年版《中华通韵》等韵书。古代韵书都是旧韵书,近代韵书多是有入声字的旧韵书和有入声字派入的过渡性新韵书。《中华通韵》虽是新韵书,但不是以《通用规范汉字表》为字库编制的。

本书是以国发〔2013〕23 号公布的《通用规范汉字表》为字库编制的新韵书,具有两个显著特点:一是以韵效分韵部;二是每个字都标注辅音、元音和声调。

《通用规范汉字表》共有 8 105 个规范汉字,其中一级字表收字 3 500 个，为常用字集；二级字表收字 3 000 个，使用度仅次于一级字；三级字表收字 1 605 个，是姓氏人名、地名、科学技术术语和中小学语文教材文言文用字中未进入一、二级字表的较通用的字。说词解字辞书研究中心编《通用规范汉字表速查使用手册》和《通用规范汉字字典》分别以《通用规范汉字表》中的 8 105 个规范汉字为基础，各自收录多音字，两书收录的多音字部分相同。上海辞书出版社 2015 年版《通用规范汉字诗声韵》是在 8 105 个规范汉字的基础上加上《通用规范汉字字典》中收入的多音字共 9 056 个字次编成的。新版《通用规范汉字诗声韵》增加了《通用规范汉字表速查使用手册》中收入的更加丰富的多音字，使本韵书字库容量增至 9 190 个字次，是原韵书的扩容和升级。

新版《通用规范汉字诗声韵》延用了原来的《〈通用规范汉字诗声韵〉整体设计方案》，只是对增字韵部字数作了相应调整，详见“整体设计方案”。

需要说明的是，书中韵书部分只放主表《新基韵》《声调韵》《平仄韵》，未放辅表《新宽韵》。因《新宽韵》的1、2、3、5、6、7、8、9、13、14、15、16韵+日驲韵的韵部与《新基韵》的相应韵部都是相同的，只要将《新基韵》中的希（i）与誉（ü）合并成4希誉韵，将安（an、uan）和昌（ang、iang、uang）合并成10安昌韵，将春（en、uen）和丰（eng、ueng）合并成11春丰韵，将欣（in、ün）和兴（ing）合并成12欣兴韵即成了《新宽韵》。诗歌创作者如果需要的话，也可直接使用上海辞书出版社2015年版《诗歌创作手册》第二编《通用规范汉字诗声韵》中的辅表《新宽韵》（第209—256页）。

《新基韵》之14丰韵（eng、ueng）、《新宽韵》之11春丰韵（en、uen、eng、ueng）中都有韵母ueng，而在主表和辅表中却无韵母ueng之字，这是因为作为一部韵书，其韵部设置是要包含汉语《韵母表》中全部韵母的，而国务院公布的《通用规范汉字表》，以及《通用规范汉字表速查使用手册》和《通用规范汉字字典》未收录含韵母 ueng 之字是不应影响创编韵书中将韵母 ueng 归入同类韵效韵部的。如果以后国务院公布新的《通用规范汉字表》及其相关字典有了含韵母 ueng 之字即可纳入此韵部。

根据汉语拼音规则，韵母在以下情况下书写要发生变化：一是韵母 ü 与声母 j、q、x、y 相拼，ü 去点，分别写成 ju、qu、xu、yu，ü 与其他声母相拼，不去点；二是韵母 iou、uei、uen 与声母相拼，省略韵腹 o 和 e，写成 iu、ui、un。

这部韵书对于诗歌创作者来说，是具有多种用途的。一是押韵。本韵书对于押韵要求从严到宽分别是《声调韵》《平仄韵》《新基韵》和《新宽韵》。《声调韵》主要用于创作新风诗等押韵又押调的诗歌,《平仄韵》主要用于创作格律诗、词、曲等讲求平仄的诗歌,《新基韵》主要用于创作自由诗、现代格律诗等新体诗,而《新宽韵》主要用于创作包括民歌在内的古风诗等对押韵要求不高的诗歌。创作者也可不受此限,自由选用便于创作各种体裁诗歌的押韵。二是定调。本韵书适用于为创作格律诗、词、曲确定所用汉字的平声和仄声,为创作提供了规范和便利。三是选字。本韵书包含常用一级字、次常用二级字、信息化时代与大众生活密切相关的专门领域所用的三级字,以及这些规范汉字的诸多多音字,范围广,分类科学,可以启发创作者选用更合适的汉字来进行创作。

《通用规范汉字诗声韵(新版)》
·主表凡例·

一、字库

（一）本表收入的 8 105 个字头均采用《通用规范汉字表》规定的规范简体字形。

（二）所有多音字均按照其辅音、元音和声调在相关韵部位置分别单列字头。

（三）需要单列字头的轻声字按照其辅音和元音，排在本韵部去声韵下面。

（四）各韵部字头均按照汉语拼音字母顺序排列。同音字按照笔画数由少到多排列，笔画数相同的字按照起笔笔形横（一）、竖（丨）、撇（丿）、点（丶）、折（→）的顺序排列，起笔笔形相同的字按照第二笔笔形的顺序排列，以此类推。

二、标音

（一）本韵书所有汉字均以《通用规范汉字表速查使用手册》和《通用规范汉字字典》标注的读音为准，用汉语拼音字母以普通话读音注音，全部标明辅音、元音和声调（阴平、阳平、上声、去声），轻声字只标明辅音、元音而不标声调。

（二）本韵书同音字有两个以上的只在第一个字前标注一次，后面未注音的字与第一个字的读音一致。

三、韵部

（一）《新基韵》划分为 20 个韵部+1 个特殊韵部，包括 1 发（a、ia、ua）、2 波（o、uo）、3 歌（e、er）、4 希（i）、5 诗（-i）、6 舒（u）、7 誉（ü）、8 高（ao、iao）、9 开（ai、uai）、10 飞（ei、uei）、11 安（an、uan）、12 昌（ang、iang、uang）、13 春（en、uen）、14 丰（eng、ueng）、15 欣（in、ün）、16 兴

(ing)、17 坚(ian、üan)、18 皆(ie、üe)、19 中(ong、iong)、20 优(ou、iou),以及日(--i)韵部。

(二)《声调韵》划分为 93 个韵部+1 个特殊韵部,在新基韵的基础上,将 1、2、3、4、5、6、7、8、10、12、13、18、20 等 13 个韵部分出阴平、阳平、上声、去声和轻声,将 9、11、14、15、16、17、19 等 7 个韵部分出阴平、阳平、上声和去声,加上日去韵部。

(三)《平仄韵》划分为 53 个韵部+1 个特殊韵部,在声调韵的基础上,将 1—20 个韵部中的阴平、阳平合并为平声,上声、去声合并为仄声,加上日仄韵部。

轻声字在声调韵、平仄韵中作为一种特殊韵部。

1. 轻声字为叠词尾字时,其声调随前字,平仄随前字。在其他情况下,轻声字一律作为仄声字。

2. 轻声字可用于创作自由诗、现代格律诗等新体诗和包括民歌在内的古风诗的押韵,不可用于创作格律诗、词、曲和新风诗的押韵。

《通用规范汉字诗声韵(新版)》

· 主 表 ·

一、发韵(a、ia、ua)

(一) 发平韵

1. 发阴韵

ā　吖阿啊锕腌

bā　八巴扒叭机芭吧岜疤捌蚆笆羓粑鲃

cā　擦嚓

chā　叉杈差插喳馇碴锸嚓

dā　耷哒搭嗒答锗褡

fā　发酦

gā　夹旮伽呷咖胳戛嘎

hā　哈铪

kā　咔咖喀

lā　垃拉啦喇邋

mā 孖妈抹蚂麻摩

nā 那南

pā 趴舥啪葩

sā 仨挲撒

shā 杀杉沙纱刹砂莎铩挲痧煞裟鲨

tā 他它她趿铊塌遢溻踏禢

wā 坬挖哇洼呱窊娲蛙

yā 丫压呀押垭鸦哑桠鸭

zā 扎匝咂拶臜

zhā 扎吒咋挓查奓哳揸喳渣楂劄齄

jiā 加夹伽茄佳泇迦珈枷浃梾痂家笳袈葭跏嘉镓

qiā 掐袷葜

xiā 呷虾瞎

chuā 欻
guā 瓜呱刮胍栝鸹
huā 化花砉哗
kuā 夸姱
shuā 刷唰
zhuā 抓挝髽

2. 发阳韵

á 啊嗄
bá 拔妭胈菝跋魃
chá 叉垞茬茶查搽嵖猹楂槎碴察
　　 檫檫
dá 打达沓怛妲莛炟跶钛笪答溚
　　 阘靼瘩鞑
fá 乏伐罚垡阀筏
gá 轧钆尜嘎噶

há 虾蛤
lá 旯拉剌砬喇
má 吗麻嘛蟆
ná 拿镎
pá 扒杷爬钯耙琶筢潖
shá 啥
wá 娃
yá 牙伢芽岈玡琊蚜堐崖涯睚衙
zá 杂砸
zhá 扎札轧闸炸铡喋劄霅
jiá 夹郏荚恝戛铗颊蛱
qiá 拤
xiá 匣侠狎柙峡狭叚硖翈遐瑕暇
辖霞黠
huá 划华哗骅铧猾滑豁

（二）发仄韵

3. 发上韵

ǎ　　啊

bǎ　　把钯靶

chǎ　　叉衩蹅镲

dǎ　　打

fǎ　　法砝

gǎ　　尕嘎

hǎ　　哈

kǎ　　卡咔咯胩

lǎ　　拉喇

mǎ　　马吗犸玛杩码蚂

nǎ　　那乸哪

sǎ　　洒靸撒潵

shǎ　　傻

tǎ 础塔漯獭鳎

wǎ 瓦佤

yǎ 哑雅

zǎ 咋

zhǎ 拃眨砟鲊碴鲝

diǎ 嗲

jiǎ 甲岬胛贾钾假斝槚瘕

liǎ 俩

qiǎ 卡

guǎ 呱剐寡

kuǎ 侉垮

shuǎ 耍

zhuǎ 爪

4. 发去韵

à 啊

bà 坝把爸耙罢鲅鲌霸灞
chà 叉汊杈岔侘刹衩诧差姹
dà 大
fà 发珐
gà 尬
hà 哈
là 拉剌落腊蜡瘌辣蝲鯻癞镴
mà 杩祃蚂骂
nà 那呐纳肭莕钠衲娜捺
pà 帕怕
sà 卅飒脎萨
shà 沙唼厦嗄歃煞霎
tà 拓沓挞闼嗒阘榻漯踏蹋鞳
wà 瓦袜腽
yà 轧亚压讶迓砑娅氩揠猰
zhà 乍诈柞栅奓咤炸痄蚱溠榨䃎

蜡霅
jià 价驾架假嫁稼
qià 洽恰髂
xià 下吓夏唬厦罅
guà 卦坬诖挂褂
huà 化划华画话桦嫿觟
kuà 挎胯跨
shuà 刷

(三) 发轻韵

5. 发轻韵

a 啊
ba 吧罢
da 垯疸跶瘩
la 啦鞡

ma	么吗嘛麼
na	哪
wa	哇
ya	呀
zha	馇
jia	家
xia	下

二、波韵(o、uo)

（四）波平韵

6. 波阴韵

ō 噢

bō 拨波玻砵哱趵钵般饽剥菠鏺播蕃皤

mō 摸

pō 朴钋陂坡泊泺泼钹颇酦

wō 挝莴倭涡喔窝蜗踒

cuō 搓瑳磋撮蹉

chuō 逴踔戳

duō 多咄哆剟埵掇裰

guō 过呙埚郭涡崞聒锅蝈

huō 秳騞锪劐嚄豁攉

luō 捋啰
suō 莎唆娑桫梭挲睃蓑嗦嗍羧缩
shuō 说
tuō 托托拖侂脱
zuō 作嘬
zhuō 拙捉桌倬草棁涿焯镨

7. 波阳韵

ó 哦
bó 孛伯驳帛泊柏勃钹铂亳浡袯桲舶脖博鹁渤搏鲌僰箔魄膊踣镈薄馞欂礴
fó 佛
mó 无谟馍嫫摹模膜麽摩磨嬷蘑蘑魔
pó 婆鄱繁皤

cuó 嵯矬痤瘥鹾鄼

duó 夺度铎踱

guó 国帼涠腘虢馘

huó 和佸活

luó 罗萝啰逻脶猡椤锣箩骡螺

nuó 挪莇娜傩

tuó 驮佗陀坨沱驼柁砣铊鸵酡跎
鮀橐鼍

zuó 昨捽笮琢

zhuó 汋灼茁卓叕斫浊酌浞诼著莑
啄着琢椓晫禚鷟缴擢濯镯

（五）波仄韵

8. 波上韵

ǒ 嚄

bǒ 踱簸
mǒ 抹
pǒ 叵钷笸
wǒ 我
cuǒ 脞
duǒ 朵垛哚埵躲亸
guǒ 果馃椁蜾裹粿
huǒ 火伙钬漷夥
luǒ 倮蓏裸瘰蠃
suǒ 所索唢琐葰锁溹
tuǒ 妥庹椭
zuǒ 左佐撮

9. 波去韵

ò 哦
bò 柏薄檗擘簸

mò 万末没抹茉殁沫陌冒脉莫秣蓦貊貉漠寞靺嘿墨镆瘼默磨貘缧耱

pò 朴迫珀破粕魄

wò 肟沃卧偓涴握硪幄渥斡龌

cuò 挫莝厝措棤锉错

chuò 啜惙绰辍龊

duò 驮杕剁饳垛柁舵堕惰跺

guò 过

huò 或和货获祸惑霍嚄濩豁镬藿嚯蠖爟

kuò 扩括适栝蛞阔廓

luò 泺荦咯洛骆络珞烙硌落跞摞雒漯

nuò 诺喏搦锘懦糯

ruò 若鄀偌弱婼蒻箬爇

suò 溹
shuò 妁烁铄朔硕搠蒴数槊
tuò 拓柝萚唾箨魄
zuò 作坐阼岞怍柞胙祚唑座做酢

（六）波轻韵

10. 波轻韵

bo 卜啵
lo 咯
po 桲
guo 过
huo 和
luo 啰

三、歌韵(e、er)

（七）歌平韵

11. 歌阴韵

ē 阿屙婀

chē 车砗

dē 嘚

gē 戈仡圪纥疙咯饹格哥胳鸽袼
搁割歌

hē 诃呵喝嗬

kē 坷苛匼呵珂柯轲科痾疴棵颏
嗑稞窠颗磕瞌蝌髁

lē 肋嘞

shē 峚奢赊猞畲畬

zhē 折蜇遮螫

12. 歌阳韵

é 讹俄莪哦峨涐娥锇鹅蛾额

dé 得锝德

gé 革阁格鬲胳搁葛蛤颌隔塥嗝
滆膈骼镉

hé 禾合纥何和郃劾河曷饸阂盍
荷核狢盉菏龁盒涸颌貉阖鹖
翮鞨龢

ké 壳咳颏

né 哪

shé 舌折佘蛇阇

zé 则责择咋迮泽啧啫帻笮舴箦
赜

zhé 折哲晢辄喆蛰詟蜇谪磔辙

ér 儿而陑耏鸸鲕

（八）歌仄韵

13. 歌上韵

ě　恶

chě　尺扯

gě　个合各哿舸盖葛

kě　可坷岢轲炣渴

rě　若喏惹

shě　舍

zhě　者啫锗赭褶

ěr　尔耳迩饵洱珥铒

14. 歌去韵

è　厄扼苊呃轭垩姶恶饿鄂阏谔
堮萼遏崿愕噁腭碍鹗锷颚鳄

鳄

cè 册厕侧测恻策

chè 彻坼掣撤澈瞰

dè 嘚

gè 个各虼硌铬膈

hè 吓和垎贺荷隺喝赫熇褐鹤翯
壑

kè 可克刻恪客课氪骒缂嗑锞溘

lè 仂叻乐泐勒簕鳓

nè 讷呐

rè 热

sè 色涩啬铯瑟塞穑瑟

shè 厍设社舍拾射涉赦摄滠慑歙
麝

tè 忑忒特铽慝螣

zè 仄昃侧

zhè	这柘浙蔗鹧䗪
èr	二佴贰咡

（九）歌轻韵

15. 歌轻韵

e	呃
de	地的底得
le	了饹
me	么麽
ne	呐呢
zhe	著着

四、希韵(i)

（十）希平韵

16. 希阴韵

bī　逼鲾

dī　氐低的羝堤提碑嘀滴镝鞮

jī　几讥击叽饥玑圾芨机乩肌矶鸡其枅奇跻剞唧积笄屐姬基犄期赍犄嵇缉畸跻锜禨箕稽觭齑畿墼激羁

lī　哩

mī　咪眯

nī　呢妮

pī　丕批邳伾纰坯披狉驼砒铍辟劈噼霹

qī　七沏妻柒栖桤郪凄萋戚期欺
　　攲缉嘁漆蹊

tī　体剔梯䏲锑踢䴘擿

xī　夕兮西吸汐希昔析肸穸茜俙
　　郗饻恓栖唏牺息奚浠菥硒睎
　　悉烯淅惜晰睎稀傒舾翕腊粞
　　犀皙锡溪裼螇熙豨蜥僖熄嘻
　　巂膝嬉熹樨暿螅歙羲熻窸蹊
　　蟋谿鼷醯曦巇酅爔鼷觿

yī　一伊衣医依祎咿洢铱猗揖壹
　　椅欹漪噫繄黟

17. 希阳韵

bí　荸鼻

dí　狄迪的籴荻敌涤頔笛觌髢嘀
　　嫡翟镝蹢

jí 及伋吉岌汲级极即佶亟革笈急姞疾塈棘殛戢集湒蒺楫辑嵴嫉耤蕺瘠鹡藉蹐籍

lí 丽厘狸离骊梨犁鹂喱蓠蜊漓缡璃嫠黎鲡罹篱醨藜檬黧蠡

mí 弥迷祢眯猕谜醚糜縻麋靡蘼醾

ní 尼伲坭呢泥怩铌倪猊輗霓齯鲵麑

pí 皮芘陂枇毗蚍铍郫疲陴埤啤琵椑脾鲏裨蜱罴貔鼙

qí 亓郊齐祁圻芪岐其奇軝歧祈祇荠俟耆颀脐埼萁萕畦跂崎淇骐骑琪琦棋蛴祺锜愭綦蜞旗蕲鲯鳍麒

tí 荑绨提啼遆鹈媞騠缇瑅褆题

醍蹄鳀

xí 习席觋袭䜣媳谿嶍隰檄鳛

yí 匜仪圯夷沂诒迤饴怡宜荑咦
贻姨眙胰宧扅蛇移痍遗颐椸
疑嶷簃彝

（十一）希仄韵

18. 希上韵

bǐ 匕比芘吡沘妣彼秕笔俾舭鄙

dǐ 氏邸诋坻抵菧底柢砥骶

jǐ 几己纪虮挤济给脊掎虮戟麂

lǐ 礼李里俚逦哩浬悝娌理锂鲤
澧醴鳢蠡

mǐ 米芈洣弭脒敉靡

nǐ 拟你旎薿

pǐ 匹圮仳苉否吡痞劈癖噽

qǐ 乞芑屺岂企玘杞沯启起跂婍绮棨綮稽

tǐ 体

xǐ 洗枲玺铣徙喜葸蓰屣憙禧镨鳝

yǐ 乙已以钇苡佁尾矣迤蚁舣酏倚扆椅顗蛾旖踦齮

19. 希去韵

bì 币必毕闭坒佖庇邲诐苾畀咇泌珌贲荜毖哔陛毙铋秘狴萆庳敝婢皕赑筚愎弼蓖跸痹滗裨辟碧蔽馝箅弊薜鷩篦壁避嬖髀濞臂璧襞

dì 地玓杕弟的帝递娣菂第谛蒂

棣睇娣缔𪻐禘碲螮踶

jì 计记伎齐纪技芰系忌际妓季
剂垍荠迹洎济既勣觊继偈徛
祭悸寄寂绩惎蓟霁跽鲚漈暨
稷鲫髻冀穄罽鱀鰶骥瀱

lì 力历厉立朸吏坜苈丽励呖𪩘
利沥枥例疠戾隶𬍛荔栎郦轹
俪俐疬珕莉莅鬲栗砺砾猁浰
蛎唳笠粝粒雳跞詈傈凓痢溧
篥

mì 汨觅泌宓祕秘密幂谧蓂嘧蜜

nì 伲泥昵逆匿[illegible]睨腻溺

pì 屁埤萆淠睥辟媲僻澼甓䴙譬

qì 气讫迄汔弃汽妻泣亟契砌涑
葺碛碶槭磜器憩

tì 屉剃俶倜逖涕悌绨惕替裼嚏

趯

xì 戏饩系屃细咥郤绤阋舄隙禊潟

yì 乂弋亿义艺刈忆艾仡议屹亦衣异抑杙呓邑佚役译枍易峄钇佾㑊怿诣驿绎轶昳食弈奕疫羿挹益浥悒谊埸勚逸翊翌溢嗌肄裛裔意溢缢蜴廙瘗潩嫕鹝镒毅鹢熠薏殪螠劓燚缢翳臆翼藙镱癔懿

（十二）希轻韵

20. 希轻韵

li 里哩

五、诗韵(-i)

（十三）诗平韵

21. 诗阴韵

cī　刺呲差玼疵粢跐

chī　吃郗哧鸱蚩絺眵笞誺摛嗤痴媸螭魑

sī　司丝私咝峒思虒鸶偲斯蛳缌楒飔厮锶澌蟴撕嘶凘

shī　尸失师邿诗鸤虱鸸狮施浉湿蓍酾嘘鲺鲺

zī　仔孖吱孜呲咨姿兹赀资淄缁鄑辎嗞嵫粢孳滋趑鹟訾锱龇镃鼒髭鲻

zhī　之支氏只卮汁芝吱芪枝知肢

泜织栀胝祗脂稙禔槠蜘

22. 诗阳韵

cí　词茈茨兹祠瓷辞慈磁雌鹚糍

chí　池弛驰迟坻茌持匙漦墀踟篪

shí　十什石时识实拾食蚀炻祏埘莳湜鲥鼫

zhí　执直侄值埴职絷植殖跖摭踯蹢

（十四）诗仄韵

23. 诗上韵

cǐ　此泚玼跐鲨

chǐ　尺齿侈胣耻豉褫

sǐ 死

shǐ 史矢豕使始驶屎

zǐ 子仔姊秄呰虸秭籽笫梓紫訾滓

zhǐ 止只旨址抵芷沚纸茋祉指枳轵咫趾黹酯徵

24. 诗去韵

cì 次伺刺佽莿赐

chì 彳叱斥赤饬炽翅敕痓啻傺瘛

sì 巳四寺似汜兕伺祀姒饲泗驷俟食涘耜笥肆嗣

shì 士氏示世仕市式似势事侍饰试视拭贳柿是峙适舐恃室逝莳栻轼铈舐谡弑释谥媞嗜筮誓奭噬螫襫

zì　自字恣眦渍

zhì　至志豸忮识郅帜帙制质炙治栉峙庤陟贽挚桎轾致晊秩鸷掷桎畤铚痔窒梽蛭智痣滞骘彘跱置锧雉稚滍疐踬觯擿

（十五）诗轻韵

25. 诗轻韵

shi　匙殖

zi　子

六、舒韵(u)

（十六）舒平韵

26. 舒阴韵

bū 逋晡

cū 粗

chū 出初邶貙摴樗

dū 厾都阇督嘟

fū 夫呋玞肤砆铁麸趺跗稃鄜孵
敷

gū 估咕呱沽孤姑轱骨鸪菰菇蛄
菁辜酤觚毂箍

hū 乎戏昒呼忽轷烀唿淴惚滹糊

kū 矻刳枯哭圐窟骷

lū 撸噜

mū 姆

pū 仆扑铺噗潽

sū 苏甦酥稣窣

shū 殳书抒纾枢叔陎姝殊倏菽梳
鄃淑舒疏摅输毹蔬

tū 凸秃突葖瑹

wū 兀乌圬邬污巫呜於钨洿诬屋
恶

zū 租菹

zhū 朱邾侏诛茱洙珠株诸铢猪蛛
槠潴橥

27. 舒阳韵

bú 醭

cú 徂殂

chú 刍除厨锄滁蜍雏橱躇蹰

dú 毒独顿读渎椟犊牍黩髑

fú 夫弗伏凫扶芙芾苿佛孚拂苻
茀服怫宓绂绋祓茯枹罘氟俘
郛洑袚垺莩蚨浮琈菔桴符匐
涪祓艴幅辐蜉福幞蝠蹼黻

hú 囫和狐弧胡壶核斛葫鹄猢湖
瑚煳鹕鹘槲蝴糊縠醐鹱

lú 卢芦庐垆炉泸栌轳胪鸬铲颅
舻鲈

mú 呒姆毪模

nú 奴孥驽笯

pú 仆匍莆菩脯葡蒱蒲酺墣璞镤
樸濮

rú 如茹铷儒薷嚅濡孺嬬襦颥蠕

sú 俗

shú 秫孰婌赎塾熟

tú 图荼徒途涂骁菟梌屠稌腯酴

wú 无毋芜吾吴郚唔峿浯珸梧鹀
铻蜈鼯

zú 足卒崒族镞

zhú 术竹竺逐烛舳瘃蠋躅

（十七）舒仄韵

28. 舒上韵

bǔ 卜卟补捕哺鹕堡

chǔ 处杵础楮储楚褚澿齼

dǔ 肚笃堵赌睹

fǔ 父抚甫㕮拊斧府钬俯釜辅脯
頫腑滏腐簠黼

gǔ 古谷汩诂股骨牯胋贾罟钴羖
蛄蛊鹄馉鼓毂縠嘏鹘臌瞽濲

hǔ 虎浒唬琥

kǔ 苦

lǔ 芦卤虏掳鲁澛橹镥

mǔ 母牡亩拇姆姥钼踇

nǔ 努呶弩砮胬

pǔ 朴埔圃浦普溥谱氆镨蹼

rǔ 汝乳辱

shǔ 暑黍属署蜀鼠数薯曙

tǔ 土吐钍

wǔ 五午伍仵迕庑沅怃忤妩武旿
侮捂牾珷鹉舞

zǔ 诅阻组珇俎祖

zhǔ 主讠拄渚煮属褚嘱麈瞩

29. 舒去韵

bù 不布步怖钚埔埗部埠瓿蔀簿

cù　卒促猝酢蔟醋簇蹙蹴

chù　亍处怵绌柷俶畜琡搐触憷黜矗

dù　芏杜肚妒度钍渡镀蠹

fù　父讣付负妇汥附坿阜服驸赴复洑副赋傅富腹鲋缚赙蝮覆馥

gù　估固故顾堌梏崮牿雇锢痼鲴

hù　互户冱护沪昈岵怙戽祜笏瓠扈鄠嫭糊鹱鳠

kù　库绔喾裤酷

lù　六甪陆录辂赂菉鹿渌逯骒绿琭禄碌路稑僇勠蓼箓漉辘戮簬潞璐簏鹭麓露

mù　木目仫牟沐苜坶牧钼募墓幕睦慕暮穆

nù 怒傉
pù 铺堡暴瀑曝
rù 入洳蓐溽缛褥
sù 夙诉肃素速悚涑宿骕粟傃谡
嗉塑溯愫鹔蔌僳觫缩簌蹜
shù 术戍束述沭树竖俞钵恕庶腧
腧数墅漱澍
tù 吐兔堍菟
wù 兀勿乌戊务屼坞芴杌物误恶
悟晤焐靰痦婺骛雾寤鹜鋈
zhù 伫苎助住纻杼贮注驻柷柱炷
祝砫疰著蛀铸筑翥箸

（十八）舒轻韵

30. 舒轻韵

lu 氇

七、誉韵(ü)

（十九）誉平韵

31. 誉阴韵

jū 车且拘苴岨狙泃居驹砠俱疽掬据崌娵琚趄椐锔腒雎锯鮈裾鞠鞫

qū 区曲坵岖诎驱坥屈袪岴胠袪祛蓲蛆躯焌趋蛐麹觑黢

xū 讦圩戌吁盱盱砉须胥顼虚谞媭欻墟需嘘魆繻

yū 迂吁纡於淤瘀

32. 誉阳韵

jú 局桔菊焗锔鶪橘

lǘ 驴闾榈

qú 劬朐鸲渠蕖磲璩瞿鼩蘧灈氍
癯衢蠼

xú 徐

yú 于与予邘玗欤余妤盂臾鱼於
禺竽舁俞狳谀娱萸雩渔隅隃
揄喁嵎嵛畬逾腴渝愉瑜榆虞
愚艅觎舆窬褕蝓髃

（二十）誉仄韵

33. 誉上韵

jǔ 弆柜咀沮莒枸矩举筥蒟榉龃
踽

lǚ 吕侣捋梠旅铝稆偻屡缕膂褛
履

nǚ	女钕
qǚ	曲苣取竘娶龋
xǚ	许诩浒珝栩冔湑糈醑
yǚ	与予屿伛宇羽雨俣禹语圄敔 圉郚庾铻貐瑀瘐龉窳

34. 誉去韵

jù	巨句讵拒苣岠具炬沮钜秬俱 倨剧据距惧粔飓锯聚窭踞屦 遽澽醵
lǜ	埭律虑率绿葎氯滤
nǜ	恧衄
qù	去阒趣觑
xù	旭序昫叙洫洫恤垿畜酗勖绪 续溆湑絮婿蓄煦
yù	与玉驭芋吁聿谷饫妪雨郁育

昱狱语彧峪钰浴预域堉菀悆
欲阈淯谕尉棫遇喻御鹆寓裕
粥矞蓣愈煜滪誉蔚蜮毓隩蒮
潏熨遹豫燠燏鹬鬻

（二十一）誉轻韵

35. 誉轻韵

qu 戌
xu 蓿

八、高韵(ao、iao)

（二十二）高平韵

36. 高阴韵

āo 凹熬
bāo 包苞孢枹胞炮剥龅煲褒
cāo 操糙
chāo 抄吵怊弨钞绰超焯剿
dāo 刀叨忉氘舠魛
gāo 皋高羔槔睾膏篙糕
hāo 蒿薅嚆
kāo 尻
lāo 捞
māo 猫
nāo 孬

pāo 抛泡脬
sāo 搔溞骚缫缲臊
shāo 捎烧梢稍蛸筲艄鞘
tāo 叨弢涛绦焘掏滔慆韬饕
yāo 幺夭吆约妖要哟喓葽腰邀
zāo 遭糟
zhāo 钊招昭铝啁着朝嘲
biāo 杓标飑骉彪摽蔈幖骠膘熛飙
镖瘭儦藨瀌镳
diāo 刁叼汈凋貂碉雕鲷
jiāo 艽交郊茭峧浇娇姣骄胶教鸡
椒蛟焦跤僬鲛蕉燋礁鹪
liāo 撩蹽
miāo 喵
piāo 剽漂缥飘螵
qiāo 悄硗雀跷锹劁敲橇缲

tiāo　佻挑祧

xiāo　肖枭枵削哓骁逍鸮虓消宵绡
萧猇硝销翛蛸箫潇霄魈蟏嚣

37. 高阳韵

áo　敖嗷遨嗷厫璈獒熬聱螯翱鳌
嚣鏖

báo　雹薄

cáo　曹嘈漕槽艚螬艚

cháo　晁巢朝嘲潮

dáo　叨捯

háo　号蚝毫嗥貉豪壕嚎濠

láo　劳牢崂唠崂铹痨醪

máo　毛矛茆茅牦旄猫锚髦蝥蟊

náo　呶挠猱硇铙蛲猱

páo　刨咆狍庖炮袍匏跑

ráo	荛饶娆桡
sháo	勺芍杓苕玿柖韶
táo	逃洮桃陶萄梼啕淘騊绹鼗
yáo	爻尧侥肴垚轺峣姚珧陶铫窑
	谣摇徭遥猺媱瑶繇鳐
záo	凿
zháo	着
jiáo	矫嚼
liáo	辽疗聊僚漻寥撩嘹獠潦寮嫽
	缭橑燎鹩簝髎
miáo	苗描鹋瞄
piáo	朴嫖瓢薸
qiáo	乔侨荞峤桥硚翘谯鞒憔樵瞧
tiáo	条苕迢调笤龆蜩髫鲦
xiáo	洨崤淆

（二十三）高仄韵

38. 高上韵

ǎo　拗袄媪
bǎo　饱宝保鸨葆堡褓
cǎo　草
chǎo　吵炒
dǎo　导岛捣倒祷蹈
gǎo　杲搞缟槁镐稿藁
hǎo　好郝
kǎo　考拷洘栲烤
lǎo　老佬荖姥栳铑潦
mǎo　卯峁泖昴铆
nǎo　垴恼脑瑙
pǎo　跑
rǎo　扰娆

sǎo 扫嫂
shǎo 少
tǎo 讨
yǎo 杳咬舀窅窈
zǎo 早枣蚤澡璪藻
zhǎo 爪找沼
biǎo 表婊脿裱
diǎo 鸟
jiǎo 角侥佼狡饺恔绞铰矫皎脚搅
湫敫剿缴璬皦
liǎo 了钌蓼憭燎
miǎo 杪眇秒淼渺缈藐邈
niǎo 鸟茑袅
piǎo 莩殍漂缥瞟
qiǎo 巧悄雀愀
tiǎo 挑朓窕嬥

xiǎo　小晓謏筱晶

39. 高去韵

ào　岙坳拗奡傲奥骜隩薁澳懊鏊
bào　报刨抱趵豹鲍暴瀑曝爆
chào　耖
dào　到帱倒焘盗悼道稻纛
gào　告郜诰锆筶膏
hào　号好昊耗浩淏皓鄗镐皞颢灏
kào　铐犒靠熇
lào　络唠烙涝落耢酪嫪
mào　芼茂旄冒贸耄袤鄚帽瑁楙貌瞀懋
nào　闹淖臑
pào　泡炮疱
rào　绕

sào 扫埽瘙臊

shào 少召邵劭绍捎哨睄稍潲

tào 套

yào 疟药要钥崾靿鹞曜耀

zào 皂灶唣造慥噪簉燥礁躁

zhào 召兆诏赵笊棹旐照罩䍜肇曌

biào 俵摽鳔

diào 吊钓窎调掉铞铫

jiào 叫峤觉校轿较教窖滘斠酵漖
噍徼藠醮嚼皭

liào 尥钌料撂墂廖瞭镣

miào 妙庙缪

niào 尿脲溺

piào 票蔈嘌漂骠

qiào 壳俏诮峭窍翘谯撬鞘

tiào 眺粜跳

xiào　　孝肖恔校哮笑效涍啸斅敩

（二十四）高轻韵

40. 高轻韵

yao　　哟

九、开韵(ai、uai)

(二十五) 开平韵

41. 开阴韵

āi	哎哀埃挨唉欸嗳锿
bāi	掰擘
cāi	偲猜
chāi	拆钗差
dāi	呆呔待
gāi	该陔垓荄晐赅
hāi	咍咳嗨
kāi	开揩锎
pāi	拍
sāi	腮塞噻鳃
shāi	筛

tāi 台苔胎
wāi 歪
zāi 灾甾哉栽
zhāi 侧斋摘
chuāi 揣搋
guāi 乖掴
shuāi 衰摔
zhuāi 拽

42. 开阳韵

ái 哎挨硙皑癌
bái 白
cái 才材财裁
chái 侪柴豺
hái 还孩骸
lái 来俫莱崃徕涞梾铼

mái 埋霾

pái 俳排徘牌簰

tái 台邰抬苔骀炱跆鲐薹

zhái 宅择翟

huái 怀徊淮槐踝

（二十六）开仄韵

43. 开上韵

ăi 毐哎欸嗳矮蔼霭

băi 百伯佰柏捭摆

căi 采彩睬踩

chăi 茝

dăi 歹逮傣

găi 改胲

hăi 胲海醢

kǎi	剀凯垲闿恺铠蒈慨楷锴
mǎi	买荬
nǎi	乃艿奶氖迺哪
pǎi	迫排
shǎi	色
tǎi	呔
wǎi	崴
zǎi	仔载宰崽
zhǎi	窄
chuǎi	揣
guǎi	拐
kuǎi	㧟蒯
shuǎi	甩
zhuǎi	转

44. 开去韵

ài	艾哎砹唉爱隘碍嗳嗌嫒瑷叆暧
bài	呗败拜稗
cài	采菜蔡
chài	虿差瘥
dài	大代轪诒垈岱迨骀绐玳带殆贷待怠埭袋逮叇戴黛
gài	丐芥隑钙盖溉概戤
hài	亥骇氦害嗐
kài	忾炌
lài	徕赉睐赖濑癞籁
mài	劢迈麦卖脉唛镑
nài	奈佴柰耐耏萘鼐
pài	哌派蒎湃
sài	塞赛

shài 晒
tài 太汰态肽钛泰酞
wài 外
zài 再在载
zhài 豸债祭寨瘵
chuài 啜揣嘬踹
guài 夬怪
huài 坏
kuài 会块快侩郐哙狯浍脍筷鲙
shuài 帅率蟀
zhuài 拽

十、飞韵(ei、uei)

(二十七) 飞平韵

45. 飞阴韵

bēi 陂杯卑背萆椑悲碑鹎

dēi 嘚

fēi 飞妃非菲啡骓绯扉蜚霏鲱

hēi 黑嗨嘿镙

kēi 剋

lēi 勒

pēi 呸胚衃醅

wēi 危委威逶偎隈葳崴微煨溦薇
鳂巍

cuī 衰崔催缞摧榱

chuī 吹炊

duī	堆
guī	归圭龟妫规邽皈闺珪硅傀瑰鲑鬶
huī	灰㧑诙挥虺咴恢袆珲晖辉翚麾徽隳
kuī	亏岿悝盔窥
suī	尿虽荽眭睢濉
tuī	忒推
zhuī	隹追骓椎锥

46. 飞阳韵

féi	肥贲淝腓
léi	累雷嫘缧擂檑礌镭羸罍
méi	没玫枚眉莓梅郿嵋湄媒瑂楣煤酶镅鹛霉縻
péi	陪培赔锫裴

shéi　谁

wéi　韦为圩违围帏闱沣沩峗洈桅涠唯帷惟维琟嵬鲍潍

zéi　贼鲗

chuí　垂倕陲捶棰椎圌槌锤

huí　回茴洄烠蛔

kuí　奎逵馗隗揆葵喹骙暌魁戣睽蝰櫆夔

ruí　蕤

suí　绥隋随遂

shuí　谁

tuí　隤颓魋

（二十八）飞仄韵

47. 飞上韵

běi　北

děi	得
fěi	朏匪诽菲悱棐斐榧蜚翡篚
gěi	给
lěi	耒诔垒累磊蕾儡藟瘟
měi	每美浼渼媄镁
něi	哪馁
wěi	伟伪苇芳尾纬玮韪委炜洧诿 娓萎隗颜猥魔韪艉痿鲔薳亹
cuǐ	漼璀
guǐ	氿宄轨庋匦诡鬼姽癸晷簋
huǐ	虺悔毁
kuǐ	颊傀跬熆
ruǐ	蕊
suǐ	髓
shuǐ	水
tuǐ	腿

zuǐ 咀觜嘴

48. 飞去韵

bèi 贝孛邶狈浿备背钡倍悖被琲
棓辈惫焙蓓碚鞁褙糒鞴鐾

fèi 芾吠肺狒废沸费剕痱镄

lèi 肋泪类累酹擂

mèi 妹昧袂谜寐媚魅

nèi 内那

pèi 沛浿帔佩配旆辔霈

wèi 卫为未位味畏胃硙谓尉遗喂
猬渭煟蔚碨慰错魏蝟霨鳚

zhèi 这

cuì 脆萃啐淬悴毳瘁粹翠

duì 队对兑祋怼敦碓镎镦

guì 柜炅刿刽贵桂桧硊筀跪鳜

huì	卉汇会讳荟哕浍诲绘恚桧贿烩彗硊晦秽惠喙翙溃谳慧蕙橞错蟪
kuì	匮蒉喟馈溃愦愧聩篑
ruì	芮汭枘蚋锐瑞睿
suì	岁谇祟遂碎隧璲鐆燧镃穗穟邃襚旞
shuì	说帨税睡
tuì	退蜕煺褪
zuì	最罪槜蕞醉
zhuì	坠缀惴缒赘

（二十九）飞轻韵

49. 飞轻韵

bei	呗臂
lei	嘞

十一、安韵(an、uan)

（三十）安平韵

50. 安阴韵

ān　厂广安垵桉氨庵谙鹌鮟鞍盦

bān　扳攽班般颁斑搬瘢癍鳻

cān　参骖餐

chān　辿觇梴掺搀襜

dān　丹担单眈耽郸聃殚瘅箪儋

fān　帆番蕃幡藩翻

gān　干甘玕杆肝坩苷矸泔柑虷竿
酐疳尴

hān　犴顸蚶酣憨鼾

kān　刊看勘龛堪嵁戡

mān　嫚颟

nān 囡
pān 扳番潘攀
sān 三叁毵
shān 山芟杉删苫钐衫姗珊埏栅舢
煽扇跚煽潸膻
tān 坍贪啴摊滩瘫
wān 弯剜婠塆湾蜿豌
zān 糌簪
zhān 占沾毡栴旃粘詹谵饘瞻鹯鳣
cuān 氽撺镩蹿
chuān 川氚穿
duān 耑端
guān 关观纶官冠矜莞倌蒄棺鳏
huān 欢獾
kuān 宽髋
suān 狻酸

shuān 闩拴栓
tuān 猯湍煓
zuān 钻躜
zhuān 专膞砖颛

51. 安阳韵

cán 残蚕惭
chán 单谗婵馋禅孱缠蝉廛潺澶镡
瀍蟾儳巉躔镵
fán 凡氾矾钒烦墦蕃樊璠燔鐇繁
鷭蹯蘩
hán 邗汗邯含函虷浛琀晗崡焓涵
韩崴寒
lán 兰岚拦栏婪阑蓝磏谰澜褴篮
斓镧襕
mán 埋蛮谩蔓馒瞒鞔鳗鬘

nán 男南难萳喃楠

pán 爿胖般盘槃磐磻蹒蟠

rán 蚺然髯燃

tán 坛昙倓郯谈惔弹覃锬痰谭
潭澹檀磹镡

wán 丸芄纨完玩顽烷

zán 咱

cuán 攒

chuán 传船遄椽

huán 还环郇荁峘洹桓绕萑貆锾圜
澴寰嬛缳擐鹮镮鬟

luán 峦孪娈栾挛脟鸾脔滦銮

ruán 堧

tuán 团抟

（三十一）安仄韵

52. 安上韵

ǎn　　垵俺埯唵铵

bǎn　　阪坂板昄版钣

cǎn　　惨穇黪

chǎn　　产刬昆浐谄啴铲阐蒇燀骣冁

dǎn　　紞胆疸掸赕亶

fǎn　　反返

gǎn　　杆秆赶敢感澉橄擀鳡

hǎn　　罕喊阚㘎

kǎn　　坎侃砍莰槛

lǎn　　览揽缆榄罱漤懒

mǎn　　满螨

nǎn　　赧腩蝻

rǎn　　冉苒染翢

sǎn 伞散糁馓

shǎn 闪陕掺睒

tǎn 忐坦钽袒菼毯璮

wǎn 宛挽莞菀晚脘惋婉绾琬椀皖
碗畹

zǎn 拶昝寁攒趱

zhǎn 斩飐盏展崭搌辗

chuǎn 舛喘

duǎn 短

guǎn 莞馆琯筦管鳤

huǎn 缓鬟

kuǎn 款

luǎn 卵

nuǎn 暖

ruǎn 阮软媆瑌

tuǎn 疃

zuǎn 缵纂
zhuǎn 转

53. 安去韵

àn 犴岸按胺案暗黯
bàn 办半扮伴拌绊柈湴靽瓣
càn 灿掺孱粲璨
chàn 忏刬颤羼韂
dàn 石旦但担诞倬疍萏啖淡惮弹
蛋氮亶瘅澹憺膻
fàn 犯饭泛范贩畈梵
gàn 干旰绀淦漧赣
hàn 汉扞汗旱垾捍悍菡焊颔撖蔊
暵撼翰憾瀚
kàn 看衎崁墈阚磡瞰
làn 烂滥

màn 荷曼谩墁蔓幔漫慢嫚缦镘

nàn 难婻

pàn 判泮盼叛畔袢襻

sàn 散

shàn 讪汕苫钐疝单剡扇埠掸掞善
禅骟鄯墡缮擅嶦膳嬗赡蟮鳝

tàn 叹炭探碳

wàn 万沥妧腕蔓

zàn 暂錾赞酂瓒

zhàn 占栈战站偡绽嵁湛颤蘸

cuàn 窜篡爨

chuàn 串钏

duàn 段断塅缎瑖椴煅锻簖

guàn 毌观贯冠掼涫惯祼盥灌瓘爟
鹳罐

huàn 幻奂宦换唤涣浣患焕逭痪擐

	豢漶鲩擐
luàn	乱
suàn	蒜算
shuàn	涮腨
tuàn	彖
zuàn	钻赚攥
zhuàn	传沌转啭瑑赚僎撰篆馔

十二、昂韵(ang、iang、uang)

(三十二) 昂平韵

54. 昂阴韵

āng 肮
bāng 邦帮梆梆浜
cāng 仓伧苍沧鸧舱
chāng 伥昌倡菖猖阊娼鲳
dāng 当珰铛裆筜
fāng 方邡坊芳枋牥钫蚄
gāng 冈江扛刚杠岗肛纲㭎矼钢缸罡堽
hāng 夯
kāng 闶康塘慷糠鱇
lāng 啷

mānɡ 牤
nānɡ 囊囔
pānɡ 乓雱滂膀
rānɡ 嚷
sānɡ 丧桑
shānɡ 伤汤殇商觞墒熵
tānɡ 汤铴耥嘡趟羰镗蹚
wānɡ 尢尪汪
yānɡ 央咉泱殃鸯秧鞅
zānɡ 赃脏牂臧
zhānɡ 张章鄣獐彰漳嫜璋樟暲蟑
jiānɡ 江茳将姜豇浆僵缰螀礓疆
qiānɡ 抢呛羌玱枪戗戕将腔蜣锖锵镪
xiānɡ 乡芗相香厢葙湘缃箱襄骧缃瓖镶

chuāng 创疮窗
guāng 光垙咣洸珖桄銧胱
huāng 肓荒慌
kuāng 匡诓哐洭筐
shuāng 双泷漴霜孀骦礵鹴
zhuāng 妆庄桩装

55. 昂阳韵

áng 卬昂
cáng 藏
cháng 长场苌肠尝倘常偿徜裳嫦鲿
fáng 防坊妨肪房鲂
háng 行吭杭绗航颃
káng 扛
láng 郎狼阆琅桹廊榔锒稂筤螂
máng 邙芒忙杧龙盲氓茫庬硭牻

náng 囊馕
páng 彷庞逄旁蒡膀磅螃鳑
ráng 儴蘘瀼禳穰瓤
táng 饧唐堂棠鄌塘搪鄚溏瑭樘膛
螗镗糖螳
wáng 亡王
yáng 扬羊阳玚杨旸飏炀钖佯疡垟
徉洋烊蛘
liáng 良俍莨凉梁综椋辌量粮粱墚
踉
niáng 娘
qiáng 强墙蔷嫱蔃樯
xiáng 详降庠祥翔
chuáng 床噇幢
huáng 皇黄凰隍喤遑徨湟惶媓瑝煌
锽潢璜蝗篁艎镄癀蟥簧鳇

kuáng 狂诳鵟

（三十三）昌仄韵

56. 昌上韵

bǎng 绑榜膀
chǎng 厂场怅昶惝敞氅
dǎng 挡党谠谠欓
fǎng 仿访彷纺昉舫
gǎng 岗港
lǎng 朗烺蓢塱㮾
mǎng 莽漭蟒
nǎng 曩攮馕
pǎng 耪
rǎng 壤攘嚷
sǎng 搡嗓磉颡

shǎng 上埫晌垧赏
tǎng 帑倘埫淌傥镋躺
wǎng 网枉罔往惘辋魍
yǎng 卬仰咉养氧痒
zǎng 驵
zhǎng 长仉涨掌
jiǎng 讲奖桨蒋耩膙
liǎng 两俩莻魉
qiǎng 抢羟强镪襁
xiǎng 享响饷鲞想鲞
chuǎng 闯
guǎng 广犷
huǎng 恍晃谎幌
kuǎng 夼
shuǎng 爽
zhuǎng 奘

57. 昌去韵

àng 盎

bàng 玤蚌棒棓傍谤塝搒蒡磅镑

chàng 玚怅畅倡鬯唱

dàng 当凼砀宕垱挡荡档菪壋

fàng 放

gàng 杠岗埄钢筻戇

hàng 行沆巷

kàng 亢伉抗闶炕钪

làng 郎埌莨崀阆浪眼蒗

nàng 齉

pàng 胖

ràng 让瀼

sàng 丧

shàng 上尚绱

tàng 烫趟

wàng 王妄忘旺望
yàng 怏样恙烊羕鞅漾
zàng 脏奘葬藏
zhàng 丈仗杖帐账胀涨障嶂幛瘴
jiàng 匠降虹将洚绛浆弶强酱犟糨
liàng 亮倞凉悢谅辆靓量晾踉
niàng 酿
qiàng 呛戗炝跄
xiàng 向项巷相珦象像橡
chuàng 创怆
guàng 桄逛
huàng 晃皝滉
kuàng 邝圹纩旷况矿贶框眶
zhuàng 壮状僮撞幢戆

（三十四）昌轻韵

58. 昌轻韵

shang　上裳

十三、春韵(en、uen)

(三十五)春平韵

59. 春阴韵

ēn 恩蒽

bēn 奔贲栟犇锛

cēn 参

chēn 抻郴綝琛棽嗔瞋

fēn 分芬吩纷玢氛豮棻酚

gēn 根跟

mēn 闷

pēn 喷

sēn 森

shēn 申屾伸身呻侁诜参绅珅駪莘
砷甡娠深棽糁鲹燊

wēn 温榅辒瘟蕰鳁
zhēn 贞针侦珍帧胗浈真桢砧祯葴
蓁斟椹甄溱瑧榛禛箴臻
cūn 邨村皴
chūn 春堾瑃椿蝽鰆
dūn 吨惇敦墩礅镦蹾蹲
hūn 昏荤阍惛婚碈
kūn 坤昆堃裈婫琨焜髡鹍锟醌鲲
lūn 抡
sūn 孙荪狲飧
tūn 吞焞暾
zūn 尊嶟遵樽镈鳟
zhūn 屯肫窀谆衠

60. 春阳韵

cén 岑涔

chén 臣尘辰沈沉忱陈宸梣晨谌煁
fén 坟汾棼焚渍豮鼢
gén 哏
hén 痕
mén 门们扪钔璊亹
pén 盆湓
rén 人壬仁任
shén 什甚神钟
wén 文芠驳纹玟炆闻蚊阌雯
cún 存蹲
chún 纯莼唇淳錞鹑醇
hún 浑珲馄混魂
lún 仑伦论抡囵沦纶轮铊
tún 屯坉囤饨忳豚鲀臀

（三十六）春仄韵

61. 春上韵

běn　本苯畚

chěn　碜

fěn　粉

gěn　艮

hěn　哏很狠

kěn　肯垦恳啃龈

rěn　忍荏稔

shěn　沈审哂矧谂婶瞫

wěn　刎吻紊稳

zěn　怎

zhěn　诊枕轸眕畛疹袗缜稹鬒

cǔn　忖

chǔn　蠢

dǔn 盹趸
gǔn 衮绲辊滚磙鲧
kǔn 捆阃悃壸
lǔn 埨
sǔn 损笋隼榫
shǔn 吮楯
zǔn 僔撙噂
zhǔn 准绠

62. 春去韵

èn 摁
bèn 夯坌坌奔倴笨
chèn 衬疢龀称趁榇谶
dèn 扽
fèn 分份坋奋忿偾粪愤鲼瀵
gèn 亘艮茛

hèn 恨
kèn 裉
mèn 沓闷焖懑
nèn 恁嫩嫩
pèn 喷
rèn 刃认仞讱任纫轫韧饪妊纴衽
葚
shèn 肾甚胂渗谌葚椹蜃瘆慎
wèn 问汶璺
zèn 谮
zhèn 圳阵纼鸩振朕赈揕瑱震镇
cùn 寸
dùn 囤沌炖砘钝盾顿遁楯
gùn 棍
hùn 诨混溷
kùn 困

lùn 论
rùn 闰润
shùn 顺舜瞬
tùn 褪

（三十七）春轻韵

63. 春轻韵

chen 伧
men 们

十四、丰韵(eng、ueng)

（三十八）丰平韵

64. 丰阴韵

bēng 祊崩绷嘣

cēng 噌

chēng 柽琤称蛏铛偁牚赪撑樘噌瞠

dēng 灯登噔璒镫蹬

fēng 丰风沣沨枫封砜疯峰烽葑崶
锋蜂酆

gēng 更庚耕浭赓鹒羹

hēng 亨哼

kēng 坑吭硁铿

lēng 棱

mēng 蒙

pēng 抨泙怦砰烹嘭澎
rēng 扔
sēng 僧
shēng 升生声昇牲胜陞笙甥
tēng 熥
wēng 翁嗡滃鎓鹟
zēng 曾鄫增憎缯罾熷翻
zhēng 丁正争征怔挣峥狰钲症烝睁
铮筝蒸鲭

65. 丰阳韵

éng 嗯
béng 甭
céng 层曾嶒
chéng 成丞呈枨诚承城宬珹埕晟乘
珵盛铖程徵裎塍酲澂澄憕橙

féng 冯逢浲缝

héng 行恒姮珩桁鸻横衡蘅

léng 崚塄棱楞

méng 龙氓虻郿萌蒙盟甍瞢幪懞檬
朦鹲礞艨

néng 能

péng 芃朋堋淜弸彭棚搒蓬硼鹏澎
篷膨蟛

réng 仍

shéng 渑绳

téng 疼腾誊滕螣縢藤籐

（三十九）丰仄韵

66. 丰上韵

ěng 嗯

běng 绷琫
chěng 逞骋庱裎
děng 等戥
fěng 讽唪
gěng 埂耿哽绠梗颈硗鲠
lěng 冷
měng 勐猛蒙锰蜢艋獴懵蠓
pěng 捧
shěng 省眚
wěng 蓊滃
zhěng 拯整

67. 丰去韵

èng 嗯
bèng 泵迸蚌绷甏镚蹦
cèng 蹭

chèng 秤称牚
dèng 邓凳嶝澄磴瞪镫蹬
fèng 凤奉俸葑赗缝
gèng 更暅
hèng 哼堼横
lèng 堎愣
mèng 孟梦
pèng 椪碰
shèng 圣胜晟乘盛剩嵊
wèng 瓮蕹
zèng 综锃缯赠甑
zhèng 正证郑怔诤政挣症

十五、欣韵(in、ün)

（四十）欣平韵

68. 欣阴韵

bīn	邠玢宾彬傧斌滨缤槟镔濒豳
jīn	巾斤今金钅津衿矜琎筋禁襟
līn	拎
pīn	拼姘
qīn	钦侵亲衾骎嵚
xīn	心䜣芯辛忻昕欣炘莘锌廞新歆薪馨鑫
yīn	因阴茵荫音洇姻骃细氤殷铟禋堙喑闉湮愔歅溵禋
jūn	军均龟君钧莙菌皲筠鲪麇
qūn	囷逡

xūn　荤勋埙熏窨薰獯纁曛醺
yūn　晕缊氲煴頵赟韫

69. 欣阳韵

lín　邻林临啉淋绑琳箖粼嶙遴潾
骥璘霖辚磷瞵镙翻鳞麟
mín　民玟苠旻岷忞珉缗碈
nín　您
pín　玭贫频嫔蘋颦
qín　芹芩矜秦琴覃禽勤嗪溱廑慬
擒噙檎
xín　镡
yín　吟垠珢狺訚硍崟银淫寅龂鄞
龈夤螾嚚霪
qún　裙群麇
xún　旬寻驯巡郇询郇荀荨峋洵浔

恂珣珝栒焏循鲟

yún 云匀芸员沄妘纭昀郧耘涢筠

篔鋆

（四十一）欣仄韵

70. 欣上韵

jǐn 仅尽卺紧堇锦谨馑廑瑾槿

lǐn 凛廪懔檩

mǐn 皿闵抿黾泯闽悯敏湣愍鳘

pǐn 品

qǐn 锓寝

xǐn 伈

yǐn 尹引吲饮蚓殷隐瘾

yǔn 允狁陨殒

71. 欣去韵

bìn 摈殡膑髌鬓

jìn 仅尽进近妗劲荩浕晋赆烬浸
琎祲靳禁溍缙瑨墐觐殣噤

lìn 吝赁淋蔺膦躏

pìn 牝聘

qìn 吣沁揿

xìn 囟芯信衅

yìn 印饮茚荫胤鲌窨慭

jùn 俊郡捃峻隽浚骏珺菌晙焌葰
畯捆竣

xùn 训讯汛迅驯徇逊殉浚巽熏蕈
噀

yùn 孕运员郓恽晕酝愠缊韫韵煴
蕴熨

十六、兴韵(ing)

（四十二）兴平韵

72. 兴阴韵

bīng 冰并兵屏栟槟
dīng 丁仃叮玎盯町钉疔耵酊
jīng 茎京泾经荆菁猄旌惊晶腈鹊睛粳兢精鲸麖鼱
pīng 乒俜涄娉
qīng 青轻氢倾卿圊清蜻鲭
tīng 厅汀听烃綎桯
xīng 兴星骍猩惺瑆腥煋
yīng 应英莺莹婴媖瑛锳撄嘤罂缨璎樱鹦膺鹰

73. 兴阳韵

líng 令伶灵坽苓囹泠姈玲柃昤瓴
铃鸰凌陵聆菱棂蛉舲翎羚倰
绫棱裬零龄鲮澪酃

míng 名明鸣茗洺冥铭蓂溟暝瞑螟

níng 宁拧苧咛狞柠聍凝

píng 平冯评坪苹凭泙玶荓枰帡洴
屏瓶萍蚲淜鲆

qíng 勍情晴氰檠擎黥

tíng 廷莛亭庭停葶蜓渟婷霆蝏

xíng 刑邢行饧形陉娙型荥钘硎铏

yíng 迎茔荥荧盈莹萤营萦滢蓥楹
滢蝇潆羸嬴瀛

（四十三）兴仄韵

74. 兴上韵

bǐng　丙邴秉柄昺饼炳屏蛃禀
dǐng　顶酊鼎
jǐng　井阱汫刭肼颈景儆憬璥璟警
lǐng　令岭领
mǐng　酩
nǐng　拧
qǐng　苘顷请庼
tǐng　圢町侹挺珽梃烶铤颋艇
xǐng　省醒擤
yǐng　郢颍颖影瘿

75. 兴去韵

bìng　并病摒

dìng 订钉定莛啶铤腚碇锭

jìng 劲径净迳经胫倞痉竞竟竫婧靓敬靖静境獍镜

lìng 另令呤

mìng 命

nìng 宁佞拧泞甯

qìng 庆亲倩碃箐綮磬罄

tìng 梃

xìng 兴杏幸性姓荇悻婞

yìng 应映硬媵

十七、坚韵(ian、üan)

(四十四)坚平韵

76. 坚阴韵

yān 咽恹殷胭烟焉崦阉阏淹腌湮
溰鄢嫣漹嫣燕

biān 边砭笾萹编煸蝙鳊鞭

diān 掂滇颠巅癫

jiān 戋尖奸歼坚间浅肩艰监兼菅
笺渐犍溅湔缄搛蒹煎缣鲣鹣
鞯鞬鞯鳒

niān 拈蔫

piān 片扁偏犏篇翩

qiān 千仟阡圲扦芊迁杄岍佥汧钎
牵铅悭谦签愆鸽骞搴槏褰

tiān 天添黇

xiān 仙先纤氙忺祆籼莶掀酰跹锨 锬鲜暹骞孅

juān 捐涓娟圈焆鹃镌蠲

quān 悛圈棬鄄

xuān 轩咺宣谖萱喧锎愃瑄暄煊儇 禤谖嬛翾

yuān 鸢智鸳冤渊涴蜎箢

77. 坚阳韵

yán 延闫芫严言妍岩炎沿研埏盐 铅阎蜒筵颜麙檐

lián 奁连怜帘莲涟梿联裢廉磏鲢 濂镰蠊

mián 眠绵棉

nián 年粘鲇黏

pián 便骈胼媥楩蹁

qián 荨钤前虔钱钳揵乾靬犍墘潜黔

tián 田佃沺畇畋恬钿甜湉填阗

xián 伭闲贤弦玹挦咸涎娴衔舷诚痫鹇嫌

quán 权全佺诠荃泉辁拳铨痊婘筌瑔蜷醛鳈鬈颧

xuán 玄驶玹痃悬旋漩璇暶

yuán 元芫园员沅妧垣爰袁原圆鼋援湲媛缘塬猿源嫄騵辕橼螈圜豲

（四十五）坚仄韵

78. 坚上韵

yǎn 沇奄兖龑俨衍弇剡掩郾扊眼

偃琰棪渷扊罨鼴演缜魇蝘戭
巘黡甗鼹

biǎn 贬扁匾萹碥褊

diǎn 典点碘踮

jiǎn 拣枧茧柬俭捡笕检趼减剪睑
锏裥睷简谫戬碱翦蹇謇

liǎn 琏敛脸裣蔹

miǎn 丏免沔黾眄勉娩勔冕偭渑湎
愐缅腼鮸

niǎn 捻辇辗撵碾

piǎn 谝煸

qiǎn 肷浅遣谴缱

tiǎn 忝殄淟晪腆舔

xiǎn 狝冼显洗险蚬崄猃铣筅跣禒
㬎鲜藓燹

juǎn 卷锩

quǎn 犬畎绻

xuǎn 咺选晅烜癣

yuǎn 远

79. 坚去韵

yàn 厌觃砚咽彦艳晏唁烻宴验掞谚堰雁焰焱滟墕酽餍谳燕赝嬿

biàn 卞弁抃苄汴忭邦变昪便遍辨辩辫

diàn 电佃甸阽坫店玷垫扂钿淀惦琁奠殿靛簟癜

jiàn 见件间饯饯建荐贱牮剑监健舰涧渐谏楗践锏毽腱溅鉴键槛僭踺箭

liàn 练炼恋涑殓链琏楝潋鲢

miàn 面眄
niàn 廿念埝
piàn 片骗
qiàn 欠伣纤芡茜倩堑绪椠嵌蒨慊
歉
tiàn 掭瑱
xiàn 见苋县岘现觃限线睍宪陷馅
羡綫献腺霰
juàn 卷隽倦狷桊绢鄄圈眷
quàn 劝券
xuàn 券泫昡炫绚眩铉琄衒旋渲楦
碹
yuàn 苑怨院垸掾媛瑗愿

十八、皆韵(ie、üe)

（四十六）皆平韵

80. 皆阴韵

yē 耶倻掖椰噎

biē 瘪憋鳖

diē 爹跌

jiē 节阶疖皆结接秸揭喈嗟街湝楷

liē 咧

miē 乜咩

niē 捏

piē 氕撇瞥

qiē 切

tiē 帖贴萜

xiē　些揳楔歇蝎
juē　撅噘
quē　炔缺阙
xuē　削靴薛
yuē　曰约矱

81. 皆阳韵

yé　邪爷耶揶铘
bié　癿别蹩
dié　迭垤昳咥绖瓞胅谍堞耋喋嵽
楪牒叠碟蝶蹀鲽
jié　孑节讦劫岊刦杰诘拮拮洁结
桔桀捷偈婕絜颉睫蛣截碣鲒
竭羯
qié　癿伽茄
xié　叶协邪胁挟偕斜谐絜颉携斜

	鲑撷鞋縌缬
jué	孓决诀抉角驶玦珏砄觉绝倔掘桷崛脚觖焆厥傕劂谲蕨獗潏橛噱镢镢爵蹶矍嚼爝攫玃
qué	瘸
xué	穴茓峃学敩踅噱

（四十七）皆仄韵

82. 皆上韵

yě	也冶野
biě	瘪
jiě	姐解檞
liě	咧裂
piě	苤撇镦
qiě	且

tiě 帖铁

xiě 写血

juě 蹶

xuě 雪鳕

yuě 哕

83. 皆去韵

yè 业叶页曳邺夜拽咽晔烨掖液谒腋馌靥

biè 别

jiè 介价戒芥玠届界疥诫蚧借械骱解褯藉

liè 列劣冽峛洌埒烈捩鴷脟猎裂趔躐鬣鬛

miè 灭蔑篾

niè 乜陧聂臬涅苶啮嗫嵲闑镊镍

颞蹑孽蘖蘗

qiè 切郄妾怯砌窃挈惬趄慊锲箧

tiè 帖餮

xiè 泄泻绁契卸屑械偰龂亵渫谢
解榭榍薤藓獬邂廨澥懈燮蟹
瀣躞躞

juè 倔

lüè 掠掠略锊圙

nüè 疟虐

què 却埆岩悫雀确阕鹊碏阙榷

xuè 血谑

yuè 月乐刖轨玥岳栎钥说钺阅悦
跃越粤鸶樾龠瀹爚籥

（四十八）皆轻韵

84. 皆轻韵

jie　　价家

lie　　咧

十九、中韵(ong、iong)

（四十九）中平韵

85. 中阴韵

cōng　匆苁囱枞葱骢璁聪熜

chōng　冲充忡茺流琉涌翀舂摏憧艟

dōng　东冬咚岽氡鸫蝀

gōng　工弓公功红攻邦供肱宫恭蚣
躬龚觥

hōng　吽轰哄訇烘薨

kōng　空倥埪崆硿箜

lōng　隆

sōng　忪松娀凇菘崧淞嵩

tōng　恫通嗵

yōng　佣拥痈邕庸鄘雍墉慵镛壅澭

	臃鳙饔
zōng	枞宗倧综棕腙踪鬃鬷
zhōng	中忪忠终柊盅钟舯衷锺螽
jiōng	坰驷扃
xiōng	凶兄芎匈讻汹胸

86. 中阳韵

cóng	从丛淙悰琮
chóng	虫种重崇漴
hóng	弘红玒闳宏纮泓荭虹竑洪翃 硔铁鸿铉䀪蕻黉
lóng	龙茏咙泷珑栊昽胧砻眬聋笼 隆漋癃窿
nóng	农侬哝浓脓秾醲
róng	戎茸荣狨绒容嵘蓉溶瑢榕熔 蝾镕融

tóng　仝同佟彤峂侗诇垌茼哃峒洞
桐砼烔铜童酮僮鲖潼橦瞳瞳
穜翸

yóng　喁颙

qióng　邛穷䓖穹藭筇琼蛩銎

xióng　雄熊

（五十）中仄韵

87. 中上韵

chǒng　宠

dǒng　董懂

gǒng　巩汞拱珙碽

hǒng　哄嗊

kǒng　孔恐倥

lǒng　陇拢垄笼篢

rǒng 冗
sǒng 扨怂耸悚竦
tǒng 侗统捅姤桶筒
yǒng 永甬咏泳栐俑勇埇涌恿蛹踊
鲬
zǒng 总偬
zhǒng 肿种冢踵
jiǒng 冋炅迥泂䌹炯颎窘

88. 中去韵

chòng 冲铳
dòng 动冻侗垌栋峒胨洞恫胴硐
gòng 共贡供唝
hòng 讧哄蕻
kòng 空控硿
lòng 弄哢

nòng　弄

sòng　讼宋送诵颂

tòng　同恸通痛

yòng　用佣焩

zòng　纵疭粽

zhòng　中仲众茽种重

xiòng　诇敻

二十、优韵(ou、iou)

（五十一）优平韵

89. 优阴韵

ōu　区讴坵沤瓯欧殴鸥
chōu　抽瘳犨
dōu　都兜蔸篼
gōu　勾句佝沟枸钩缑篝鞲
hōu　齁
kōu　抠芤弫眍
lōu　搂瞜
mōu　哞
pōu　剖
sōu　搜蒐嗖馊廋溲飕锼螋艘
shōu　收

tōu　偷
yōu　优攸忧呦幽悠麀耰
zōu　邹驺诹陬鄹鲰
zhōu　舟州诌周洲辀啁鸼婤赒粥
diū　丢铥
jiū　纠鸠究赳阄揪啾鬏
liū　溜熘
niū　妞
qiū　丘邱龟秋蚯萩湫楸鹙鳅鞧
xiū　休咻修庥脩羞鸺貅馐髹鎀

90. 优阳韵

chóu　仇俦帱惆绸椆畴酬稠愁筹踌雔
hóu　侯喉猴锻瘊骺篌糇
lóu　剅娄偻喽蒌喽溇楼膢耧蝼髅

móu 牟侔眸谋蛑缪鍪

póu 抔掊裒

róu 柔揉鞣糅蹂鞣

shóu 熟

tóu 头投骰

yóu 九尤由邮犹油柚疣莜莸铀浟
蚰鱿游輶鲉猷蝣蝤繇

zhóu 妯轴

liú 刘浏留流琉硫遛馏旒骝榴飗
镏鹠瘤鎏瞜镠鎏

niú 牛

qiú 仇囚犰求虬泅俅訄酋逑球赇
銶遒巯裘璆蝤鼽

（五十二）优仄韵

91. 优上韵

ǒu　　𠙶呕熰偶耦藕

chǒu　丑杻㺞瞅

dǒu　斗抖钭陡蚪

fǒu　缶否

gǒu　苟岣狗耇枸笱

hǒu　吼

kǒu　口

lǒu　塿搂嵝篓

mǒu　某

pǒu　掊

sǒu　叟瞍嗾擞薮

shǒu　手守首艏

tǒu　钭

yǒu 友有酉卣羑莠铕槱牖黝
zǒu 走
zhǒu 肘帚
jiǔ 九久氿玖灸韭酒
liǔ 珋柳绺锍罶
niǔ 扭狃忸纽杻钮
qiǔ 糗
xiǔ 朽宿滫

92. 优去韵

òu 沤怄
còu 凑辏腠
chòu 臭
dòu 斗豆逗读痘窦
gòu 勾构购诟垢姤够遘彀雊媾觏
hòu 后郈厚侯垕逅候堠鲎鲘

kòu 叩扣寇筘蔻
lòu 陋镂瘘漏露
nòu 耨
ròu 肉
sòu 嗽擞薮
shòu 寿受狩授售兽绶瘦
tòu 透
yòu 又右幼有佑侑柚囿宥祐诱蚴釉鼬
zòu 奏揍
zhòu 纣伷咒㤘宙绉荮轴胄昼酎皱繇骤籀
jiù 旧臼咎疚柩桕救厩就舅僦鹫蹴
liù 六陆碌遛馏溜镏鹨
miù 谬缪

niù 拗
xiù 秀岫琇臭袖绣琇宿锈嗅溴

（五十三）优轻韵

93. 优轻韵

lou 喽
tou 头
zhou 碡

日韵(--i)

日仄韵

日去韵

rì 日 驲

附　录

诗歌体裁简介

诗歌是创作者用富有音乐性的、凝炼美妙的语言来创造意境进而反映世界的一种文学体裁。

中国的诗歌以体裁划分，可分为旧体诗和新体诗。旧体诗是新文化运动以前创造的诗体，新体诗是新文化运动以后创造的诗体。旧体诗中古代创造的诗体又称古体诗。

以时代划分，新文化运动以前创作的诗歌称为旧诗，新文化运动以后创作的诗歌称为新诗。旧诗中古代创作的诗歌又称古诗。当我们用旧诗、新诗来反映诗歌体裁概念的时候，它们就是旧体诗、新体诗的缩略语。

旧体诗、新体诗各主要诗体在音乐性和句式上各有不同。简要介绍并举例如下：

一、旧体诗

旧体诗包括无格律的古风诗和有格律的格律诗、词、曲。民歌是诗歌之母，属于旧体诗，因其形式与古风诗没有本质的区别，故归入古风诗。

（一）古风诗

古风诗是旧体诗中声调自然变化的诗歌体裁。可押平声韵或仄声韵，可转韵，多押宽韵。多为齐言体，也有杂言体。齐言体以四言、五言、七言为主。

※ 四言古风诗例

〔周〕《诗经·关雎》

关关雎鸠，在河之洲。

窈窕淑女，君子好逑。

参差荇菜，左右流之。

窈窕淑女，寤寐求之。

求之不得，寤寐思服。

悠哉悠哉，辗转反侧。

参差荇菜，左右采之。

窈窕淑女，琴瑟友之。

参差荇菜，左右芼之。

窈窕淑女，钟鼓乐之。

※ 五言古风诗例

〔汉〕乐府《长歌行》

青青园中葵，朝露待日晞。

阳春布德泽，万物生光辉。

常恐秋节至，焜黄华叶衰。
百川东到海，何时复西归？
少壮不努力，老大徒伤悲。

※ 七言古风诗例

〔唐〕张若虚《春江花月夜》

春江潮水连海平，海上明月共潮生。
滟滟随波千万里，何处春江无月明。
江流宛转绕芳甸，月照花林皆似霰。
空里流霜不觉飞，汀上白沙看不见。
江天一色无纤尘，皎皎空中孤月轮。
江畔何人初见月，江月何年初照人。
人生代代无穷已，江月年年只相似。
不知江月待何人，但见长江送流水。
白云一片去悠悠，青枫浦上不胜愁。
谁家今夜扁舟子，何处相思明月楼。
可怜楼上月徘徊，应照离人妆镜台。

玉户帘中卷不去,捣衣砧上拂还来。
此时相望不相闻,愿逐月华流照君。
鸿雁长飞光不度,鱼龙潜跃水成文。
昨夜闲潭梦落花,可怜春半不还家。
江水流春去欲尽,江潭落月复西斜。
斜月沉沉藏海雾,碣石潇湘无限路。
不知乘月几人归,落月摇情满江树。

※ 杂言古风诗例

〔北朝〕民歌《敕勒歌》

敕勒川,
阴山下。
天似穹庐,
笼盖四野。
天苍苍,
野茫茫,
风吹草低见牛羊。

（二）格律诗

狭义的格律诗是指旧体诗中使用齐言体、具有平仄规则变化并押韵的诗歌体裁。分为绝句和律诗，主要有五绝、七绝、五律、七律。其中律诗的颔联和颈联要求对仗。

※ 五绝诗例

〔唐〕王之涣《五绝·登鹳雀楼》

白日依山尽，黄河入海流。
欲穷千里目，更上一层楼。

※ 七绝诗例

〔唐〕李白《七绝·早发白帝城》

朝辞白帝彩云间，千里江陵一日还。
两岸猿声啼不住，轻舟已过万重山。

※ 五律诗例

〔唐〕白居易《五律·赋得古原草送别》

离离原上草,一岁一枯荣。
野火烧不尽,春风吹又生。
远芳侵古道,晴翠接荒城。
又送王孙去,萋萋满别情。

※ 七律诗例

〔唐〕李商隐《七律·无题》

相见时难别亦难,东风无力百花残。
春蚕到死丝方尽,蜡炬成灰泪始干。
晓镜但愁云鬓改,夜吟应觉月光寒。
蓬山此去无多路,青鸟殷勤为探看。

(三)词

词是旧体诗中按词谱创作的平仄、节奏按规定变化并押韵的诗歌体裁。多为长短句,也有齐言体。

※ 长短句词例

〔宋〕苏轼《念奴娇·赤壁怀古》

大江东去，浪淘尽，千古风流人物。故垒西边，人道是，三国周郎赤壁。乱石穿空，惊涛拍岸，卷起千堆雪。江山如画，一时多少豪杰。

遥想公瑾当年，小乔初嫁了，雄姿英发。羽扇纶巾，谈笑间，樯橹灰飞烟灭。故国神游，多情应笑我，早生华发。人生如梦，一尊还酹江月。

※ 齐言体词例

〔唐〕刘禹锡《浪淘沙·杂曲歌辞》其六

日照澄洲江雾开，淘金女伴满江隈。

美人首饰侯王印，尽是沙中浪底来。

(四) 曲

曲是旧体诗中按曲谱创作的平仄、节奏按规定变化并押韵的诗歌体裁。通用杂言体。

※　曲例

〔元〕张养浩《山坡羊·潼关怀古》

峰峦如聚，波涛如怒，山河表里潼关路。望西都，意踌躇。

伤心秦汉经行处，宫阙万间都做了土。兴，百姓苦；亡，百姓苦。

二、新体诗

新体诗包括中西结合产生的自由诗、半自由诗、现代格律诗、现代半格律诗和古今融合产生的新风诗。

（一）自由诗

自由诗是新体诗中节奏自然变化的诗歌体裁。多押韵。

※　自由诗例

〔近代〕殷夫《呵，我爱的》

呵，我爱的姑娘在那边，
一丛青苍苍的藤儿前面；
草帽下闪烁着青春面颊，
她好似一朵红的，红的玫瑰。

南风欣语，提醒了前夜，
疏淡的新月在青空阑珊，
我们同坐在松底溪滩，
剖心地，我俩密密倾淡。

古刹的钟声，清淡，
她的发香，似幽兰；
我们同数星星，
笑白云儿多疏懒。

看,她有如仙嬛,
胸中埋着我的情爱,
呵,我的爱是一朵玫瑰,
五月的蓓蕾开放于自然的胸怀。

本诗共有四节,每节都是四行,这十六行诗句的节奏都是自然变化的,没有规律性。

(二) 半自由诗

半自由诗是新体诗中节奏基本自然变化的诗歌体裁。多押韵。

※ 半自由诗例

〔现代〕舒婷《致橡树》

我如果爱你——
绝不像攀援的凌霄花
借你的高枝炫耀自己;
我如果爱你——

绝不学痴情的鸟儿
为绿荫重复单调的歌曲；
也不止像泉源
长年送来清凉的慰藉；
也不止像险峰
增加你的高度，衬托你的威仪。
甚至日光。
甚至春雨。
不，这些都还不够！
我必须是你近旁的一株木棉，
作为树的形象和你站在一起。
根，紧握在地下；
叶，相触在云里。
每一阵风过，
我们都相互致意，
但没有人，
听懂我们的言语。

你有你的铜枝铁干，
像刀、像剑，
也像戟；
我有我红硕的花朵，
像沉重的叹息，
又像英勇的火炬。
我们分担寒潮、风雷、霹雳；
我们共享雾霭、流岚、虹霓。
仿佛永远分离，
却又终身相依。
这才是伟大的爱情，
坚贞就在这里：
爱——
不仅爱你伟岸的身躯，
也爱你坚持的位置，足下的土地。

本诗共有36行，其中有24行诗句的节奏是自然变化的，占了三分之二；只有12行诗句的节奏是规则变化的，包括："我如果爱你"两句，"也不止像泉源"与"也不止像险峰"，"甚至日光"与"甚至春雨"，"根，紧握在地下"与"叶，相触在云里"，"我们分担寒潮、风雷、霹雳"与"我们共享雾霭、流岚、虹霓"，"仿佛永远分离"与"却又终身相依"。

（三）现代格律诗

现代格律诗是新体诗中节奏规则变化的诗歌体裁。多押韵。

※　现代格律诗例

〔现代〕余光中《乡愁》

小时候
乡愁是一枚小小的邮票
我在这头
母亲在那头

长大后
乡愁是一张窄窄的船票
我在这头
新娘在那头

后来呀
乡愁是一方矮矮的坟墓
我在外头
母亲在里头

而现在
乡愁是一弯浅浅的海峡
我在这头
大陆在那头

本诗共有四节，每节都是四行，其中：第一、四节第一行都是1字-2字的节奏，第二、三节第一行都是2字-1字的节奏；每节第二行都是2字-3字-3字-2字的节奏;每节第三行都是2字-2字的节奏;每节第四行都是2字-1字-2字的节奏。全诗的节奏都是有规律变化的。

(四) 现代半格律诗

现代半格律诗是新体诗中节奏基本规则变化的诗歌体裁。多押韵。

※ 现代半格律诗例

〔现代〕陆萍《刚和柔》

人说纺织姑娘手骨柔,
看她纺的纱,织的绸;
在那万锭飞旋的车弄,
绕纱引丝,从不碰断头。

人说纺织姑娘手骨硬,

看她枪颈上攥出指痕口；
在那砂砾满布的场地，
持枪匍匐，磨破手和肘。

金纱银绸上闪着她的爱，
枪颈指痕口烙下她的仇；
于是，硬的就变得更硬，
柔的就变得更柔……

本诗共有三节，每节都是四行，其中：第一、二节第一行都是 2－4－2－1 的节奏，第三行都是 2－5－2 的节奏，第四行都是 2－2+2－3 的节奏；第三节第一、二行都是 5－2－3 的节奏，这八行诗句的节奏都是规则变化的。

(五) 新风诗

新风诗是新体诗中声调自然变化并押韵的诗歌体裁。多押韵又押调，可采用各种押韵方式。

多齐言体，四联及其以上齐言体中联多对仗。

※ 新风诗例

〔当代〕启明《中秋》

天上月易满，人间家难圆。
手足散中外，慈孝隔阴阳。
血缘一脉传，至亲几度全。
举杯祈银光，寰宇洒吉祥。

本诗是五言齐言体，各行诗句四声都是自然变化的。此诗首联、颈联尾字都押 uan 韵，颔联、尾联尾字押 ang、iang 韵，系押交韵。其中四联尾字都为阳平，系押调。

关于新风诗，详见上海辞书出版社 2015 年版《诗歌创作手册》第 14 页《新风诗》。

按：《诗歌体裁简介》中的时代以我国最新划分标准为依据，从远古至 1840 年的时期为古代；从 1840 年至 1949 年中华人民共和国成立的时期为近代;从中华人民共和国成立至 1978 年改革开放的时期为现代;从 1978 年以来为当代。所举诗例的时代都以作品产生年代为准,而非作者在世时代。

主要参考书籍

- 臧克家编选：《中国新诗选(1919—1949)》，中国青年出版社1957年3月第2版。
- 胡云翼选注：《宋词选》，上海古籍出版社1978年3月新1版。
- 中国社会科学院文学研究所编：《唐诗选》(上、下)，人民文学出版社1978年4月第1版。
- 商礼群编：《古代民歌一百首》，上海古籍出版社1979年11月第1版。
- 萧涤非、程千帆、马茂元、周汝昌、周振甫、霍松林等撰：《唐诗鉴赏辞典》，上海辞书出版社1983年12月第1版。
- 缪钺、霍松林、周振甫、吴调公等撰：《宋词鉴赏辞典》,上海辞书出版社 1987 年 12 月第 1 版。

· 刘亚玲、田军等主编:《中国历代诗歌鉴赏辞典》,中国民间文艺出版社 1988 年 12 月第 1 版。

· 沈庆利选编:《二十世纪中国诗歌精选》,人民文学出版社 2005 年 6 月第 1 版。

· 许海山主编:《中国历代诗词曲赋大观》,北京燕山出版社 2007 年 4 月第 1 版。

· 教育部语言文字应用管理司编:《国家中长期语言文字事业改革和发展规划纲要(2012—2020 年)》,语文出版社 2013 年 3 月第 1 版。

· 任犀然主编:《元曲三百首彩图全解详注》,中国华侨出版社 2013 年 6 月第 1 版。

· 说词解字辞书研究中心编:《通用规范汉字表速查使用手册》,华语教学出版社 2013 年 10 月第 1 版。

· 说词解字辞书研究中心编:《通用规范汉字字典》,华语教学出版社 2014 年 7 月第 1 版。

· 胡永明编著:《诗歌创作手册》,上海辞书出版社 2015 年 1 月第 1 版。
· 〔宋〕郭茂倩编撰,聂世美、仓阳卿校:《乐府诗集》(上、下),上海古籍出版社 2016 年 12 月第 1 版。
· 陈戍国导读、校注:《诗经全本》(上、下),岳麓书社 2019 年 6 月第 1 版。

后　记

2015年1月，上海辞书出版社出版了由我编著的《诗歌创作手册》。该手册由第一编《诗歌艺术》和第二编《通用规范汉字诗声韵》组成，颇受读者欢迎。此书在实体书店和网上书店发行后，不久即售罄。同年12月5日，30多位诗人、作家、专家、学者在沪召开“胡永明《诗歌创作手册》研讨会”，对此书给予高度评价，并提出再版等建议（详见舒爱萍编著《启明星在闪耀——胡永明诗书评论集》第183—246页第二集《书评》，中国文联出版社2017年版）。当年12月17日，《文学报》发表了该报编辑、记者郑周明现场采访后撰写的文章《上海研讨胡永明诗歌创作》。

2019年9月,《通用规范汉字诗声韵》被上海大世界基尼斯总部确认为中国历史上自有韵书出版物以来的首部系列韵书(《大世界基尼斯之最》NO.05299)。

此后,我便着手通过增加多音字扩充字库容量,经努力,终于编成《通用规范汉字诗声韵》升级版(新版)。

为使《通用规范汉字诗声韵(新版)》得到更好的推广应用,特由上海辞书出版社做成袖珍本单独出版。书中附《诗歌体裁简介》,供读者借鉴。

感谢中国作协副主席、著名作家叶辛,上海市文联原党组书记李伦新,著名文学理论家、评论家、教育家、作家、诗人吴欢章教授,作家刘希涛、曹正文、宋海年、陆新、黄玉燕、张春新、张谷平、徐弘毅和上海市委党史研究室原副主任吴振兴研究员、上海市创意产业协会创意旅游专委会原主任朱渊澄等作家、诗人和学者在“胡永明《诗歌创作手册》研讨会”上对《诗歌创作手册》给予的肯定、鼓励和提出的意见、建议！特别要感谢复旦大学中文系教授、上海大学中文系原主任吴欢章多次关心并指导本书的编著和出版！爱妻舒爱萍在其评论文章《以热爱诗歌事业为乐　以促进诗歌发展为荣——胡永明为人、做诗和治学》中对我创编《通用规范汉字诗声韵》做了全面介绍（详见舒爱萍编著《闪光的启明星——胡永明诗歌评论集》第155—168页，上海科学普及出版社2019年版），交叉对照《通用规范汉字表速查使用手册》和《通用规范汉字字典》逐字校对《通用规范汉字诗声韵（新版）》，并建议在《〈通用规范汉字诗声韵（新版）〉说明》中对韵书中ueng有韵母无汉字以及韵母ü与声母j、q、x、y相拼去点，韵母iou、uei、uen与声母相拼省略韵腹o和e等情况加以说明;爱女胡俊晴提出了将本书做成袖珍本便于诗歌创作者携带使用等合理化建议。在此,谨对所有在我从事诗歌学习、研究和创作、创新中给予鼓励和支持的亲人、朋友和同仁一并致以诚挚谢意!

感谢上海辞书出版社原总编助理、现上海科学普及出版社社长蒋惠雍老师对《诗歌创作手册》出版的重视和支持!感谢上海辞书出版社原编辑俞柳柳老师忠实履行《诗歌创作手册》责任编辑的职责!感谢上海辞书出版社哲社编辑室主任田甜老师和本书责编王媛老师精心编辑、出版我寄予厚望的《通用规范汉字诗声韵(新版)》!

期待《通用规范汉字诗声韵(新版)》能受到广大诗歌爱好者尤其是诗歌创作者、研究者的青睐。希望诗人们顺应时代发展,多用新韵书、多写新韵诗,为繁荣诗歌创作、助力社会进步创作出更多更好的作品。

欢迎读者多提宝贵意见,以便本书再版时更趋完善。

胡永明

2023 年 2 月 16 日于上海